TO

上島さんの思い出晩ごはん

miobott
—みお—

TO文庫

上島さんの思い出晩ごはん

目次

-contents-

卵入りかきあげうどん

「ただいま！」

元気のいい声を上げて、民子《たみこ》はアパートの玄関を力いっぱい開け放つ。

と、鼻先に生ぬるい空気が広がった。朝から閉じこめられた家が持つ、朝食と生活と、家の香り。

そんな香りが湿気とともに、ねっとりと鼻先に絡む。

皮膚に張り付くような生ぬるさを感じて、民子は春だなあ、などと思うのだ。

そして手にしたビニール袋を台所のシンクの上に放り投げると、小さな鏡を覗き込む。

化粧のすっかり剥《は》げた顔がそこにあった。

女が一番醜《みにく》いのは、仕事終わりのこの時間だ……と、昔、何かの本で読んだことがある。

化粧が剥げるばかりではない。何よりも、夕方の女には笑顔がない。

ぼさぼさに飛んだ髪を手早く整えて、リップクリームを唇に引く。ややつり目がちなのに、なぜか泣き出しそうに見える瞳。とがった顎《あご》、丸い頬《ほお》。

口角《こうかく》を上げて微笑むと、そこに民子……西野民子の、彼女らしい顔が生まれる。

「ただいま、上島《うえしま》さん」

そして民子はいそいそと部屋の奥に進むのだ。そこには、造り付けの黒い棚が一つある。棚の高さはちょうど民子の肩のあたり。ぬいぐるみやアクセサリーが乱雑に置かれた棚の上、その一番奥。

そこには、小さな写真が立てかけられてあった。

切手よりちょっとだけ大きなその写真は、履歴書用だ。真四角にちょきんと切られた写真の中で、一人の男が笑っている。

まるでスナップ写真のように、口をぱっくり開けて彼は笑う。目は虹みたいにきゅっと円を描いているので、まるで花が咲いたような笑顔だと民子は見るたびに思うし、つられて同じ笑顔になってしまう。

「上島さん。今日の晩ごはんは、うどんだよ」

手を合わせたあと民子は歩きながらストッキングを脱ぎ捨てて、再び台所へ駆け戻った。放り投げたままのビニール袋を漁ると、半額シールが輝く生うどんが顔を出す。金色の縁取り、赤の文字。なんで半額のシールというものは、こんなにも目を引くのだろう。と民子はしみじみと思う。

まるで勲章《くんしょう》のようだ。一日がんばって働いた、民子を称える勲章なのだ……なんてバカなことを、上島はいつか力説していた。その時の言葉を思い出し、民子は含み笑いをする。

「上島さんはバカなことばっかり」

うどんの下には、十個入りの特売卵。その奥にあるプラスチックのトレーの中には、すっかり湿気ったかきあげ天ぷら。

ごぼうと人参の中に、気持ちだけ季節のふきのとうが顔を出す。春のかきあげと銘打つには少々寂しい一品だ。それでもほんの少しの春の味に心惹かれて手に取った。

「えっと。まずは、水に昆布の出汁の素。お酒とみりんと、だし醤油」

小さな鍋に、目分量で調味料を投げ込んで火にかける。黄金色《こがねいろ》の色合いが目印だ。

真っ黒で濃厚な出汁もおいしいけれど、夜に食べるには少々力強すぎる。晩ごはんにはこんな黄金色の出汁がお似合いだった。

ふつ、と鍋の側面に小さな泡が沸き立ってくれば、すぐさまうどんを落とす。麺がほぐれたところに、かき揚げと卵を一つそっと割り入れた。

柔らかなかき揚げの上に卵が乗って、出汁の中につるりと沈む。

「暑くなってきたのに、またうどんかよ、って言うんでしょ。でもそんなこと言うくせに、上島さんもうどん、大好きだよね」

空気は春らしい生ぬるさ。そこに熱い湯気《ゆげ》が湧き上がり、民子の顔を撫でる。お醤油と潮の香りが民子の鼻をくすぐる。昆布出汁のせいだ。

つまり、これは海の香りだ。と民子は思った。

しかし、民子は本物の海を見たことがない……と、人に言えば驚かれる。しかし民子は山の町に育って、今も海のない町で暮らしている。

民子はもう子供ではない。遠出を咎《とが》める家族もいない。電車になりバスになり、乗れば海へ行くことはできる。

しかし、どうにも腰が重い。

（海は、遠くにあって、思うもの）

と、民子は思う。自分と海はどうせ縁がないのだ。

だからこそ、テレビで海が映ればついつい真剣に見入ってしまう。そんな民子のことを、上島はひどくからかったものである。

彼はどこか遠くの島国で育ったと言っていた。海に囲まれた島に育ったという。

俺がお前に海を見せてやる、などと言って、ある日彼は、バスタブいっぱいに、水を張った。そしてその中に、買い置きの塩を一キロ。躊躇《ちゅうちょ》なくどぼんと落とす。

さあ泳げ。これが海だ。写真と同じ顔で笑った彼のおかげで、民子は偽物の海を体験したこととなる。

そんな彼は、うどんも好きだった。

うどんを作って海を思い出すなんて、おかしな話だ。民子はふつふつ沸き立つ鍋を眺めながら笑ってしまう。

「……さあ卵はいいかんじ」

固まるかどうか。うどんのおいしさはこの卵にかかっている。と民子は信じている。

だから笑いを止めて、じっと鍋の中心を見つめた。

黄身《きみ》が白身に守られるように、震えながら鎮座している。

その表面に薄く白い膜が張ったことを確認し、静かに火を止めた。黄身がカチカチになってしまえば台無しだ。かといって、白身が生の状態でもつまらない。

とろりと白い卵を染めるくらい七味をたっぷりかけて、取っ手をつかむと慎重に民子は歩き始めた。

丼鉢に移せばせっかくの卵が壊れてしまう。それで何度泣いたか分からない。だから卵うどんの時は断固、鍋で食べる。

しかし上島は鍋でうどんを食べることを断固拒否した。たぶん彼は、猫舌だったのだ。自分の猫舌を隠すように「鍋で食べるのはだらしがない」と、高尚《こうしょう》な言い訳をした。でもいくら上島にそう言われても、民子はこれだけは譲れない。上島には丼鉢で、民子は鍋で。うどんを食べるとき、それが二人のスタイルだった。

「この、熱いのが美味しいんだよ、上島さん」

チラシの上に、静かに鍋を置く。そして民子は再び真剣な表情で、卵をそうっとつついた。

箸《はし》先のかすかな感触。卵の表面がぷるると揺れて、ぷつりと割れた。すると、まるで火山のように黄身が滑りだす。それを見届けて、民子は初めて笑顔を浮かべた。

「いただきます」

手を合わせて、黄色く染まった麺をすする。ゆっくりと噛《か》みしめるようにその小麦の固まりを口に入れると、熱さのあとに甘さと塩気が広がって、やや遅れて油のうまみが広がった。一気に、喉《のど》が焼けて胃の中が暖かくなる。

こんな食べ方をする民子を見て、いつも上島は呆れたように言っていた。

どうせ卵を潰すなら、作るときに一緒に潰してしまえばいいのに。

（上島さんは分かってないなあ）

一本をそっと箸で持ち上げて、黄身の上を滑らせる。と、白い麺が鮮やかな黄色に染まった。

まさに今、食べる瞬間に、食べるためだけに崩される卵は特別なのだ。崩れる瞬間、嬉しくもあり切なくもある。

静かに卵を浮かべたはずなのに、底には沈んだ白身が固まっていた。それを箸の先で削りながら、民子は額の汗を拭う。

「……あ。いい風」

目を細めた民子にぬるい風が吹き付けた。窓を閉め忘れていたのだろう。薄く開いた窓から、ピンク色の花びらが滑り込む。

部屋の窓から見える公園の桜も散り始めつつあった。今年は桜の開花が遅かった。遅い分、いつまでも咲いてくれると思ったが、そういうものでもないらしい。

ちらちらと散り始め、その名残の花が民子の部屋を訪れた。

「お帰り」

うどんを食べる手を休めず、民子は言う。こんな風に、突然の来訪者を見ると、上島を思い出すのである。

もう二度と、訪れることのない上島のことを。

「……春だなあ」

白のようなピンクのような、その花びらを光にすかして、民子は呟く。

出汁の香りをかぎながら、今年は海に行ってみようかなと、ちらりと考えた。

イチゴのショートケーキ

春の日曜、そして午後。チェーンのドーナツ屋は、気怠《けだる》い空気で時がゆっくりと流れているようだ。

「だからさあ……吹っ切らなきゃ。民子」

ドーナツを一口サイズに引き裂きながら、民子の前で口を尖らせるのは静香《しずか》である。豪《ごう》快《かい》な性格なのに、食べ物は一口サイズにしないと食べられない。

そんな静香は、民子の親友である。

民子は冷たい紅茶をゆっくり飲み込んで、静香を眩しく見上げた。

ドーナツをちぎる長い指、尖った口先、綺麗に巻いた茶色の髪。少々きつめにひかれた黒のアイラインも、涙袋《なみだぶくろ》にこってり塗り込まれた銀色のラインも、頬にたっぷりおかれたオレンジ色のチークも、午後のゆるい日差しの中で見ると、すべてが完璧だ。

「今度、紹介してあげるから、あたしの男友達。そろそろ一年でしょ。次、行かなきゃ」

「ありがとう。でも遠慮しとく。そういうの、苦手だし」

民子はほれぼれと静香を見つめて苦笑する。静香は不満げに眉を上げた。

「……あの時も言ったけど」

真っ赤な口を大きく開けて、彼女はドーナツを美味しそうに頬張る。

「つきあってるときから、あたしは反対だったんだから」

彼女の選んだドーナツは、白やピンクのアイシングで彩られている。強烈に甘そうで可愛いドーナツだ。

それを引き裂く彼女の指は、ぷるんとした赤色のジェルネイル。それはまるで熟したイチゴだ。民子は「帰りにショートケーキを買おう」なんて関係の無いことを考える。そういえば、ケーキなんてもう年単位で食べていない。

「聞いてるの、民子？　あんたの男の話をしてんのよ」

日曜の午後のドーナツ屋は、うたた寝をする人、緩く会話を楽しむ人、新聞を読みふける人、誰もかれも緩慢《かんまん》だ。隅の席に座る二人に注意を払う人間は誰もいない。

そのぼんやりとした空気に染まりきった民子を見て、静香がドーナツの欠片をぴん、と飛ばした。

「だめ男の究極じゃない？　女の家に転がり込んで、さんざん世話やかして……」

静香は民子をまっすぐに見る。そして一瞬だけ口ごもり、呟いた。

「……勝手に死んで」

黒目が濡れて輝くのが綺麗だ。静香の目は、人を貫くような強さがある。ぼんやりとした民子の目とはどこか違う。

「静香。ほら……ね。居なくなった人を、あんまり悪く……」

「死んだのよ」

静香の声は、重い。しかしその言葉は、思ったよりも民子の胸に刺さらない。慣れたのかな、と思う。同時に、現実逃避をしているのかな、とも思う。

彼が居なくなってから一年。民子は長い長い現実逃避をしている。

「結局、あいつの素性《すじょう》だって最期までよく分かんないままだったんでしょ」

「……うん。最後まで謎だったね」

民子はふわふわのドーナッツにかぶりつく。

思い返してみれば民子は上島のことを、何も知らない。どこで生まれたのか、何歳なのか、どんな家族がいて、どんな子供時代を過ごしていたのか。

しかし、それ以外のことはだいたい知っている。

彼は甘いものが好きだ。子供みたいなお菓子やジュースが好きだ。上島が大きな口を開けてぱくぱくと甘い物を食べる様子は、見ていて気持ちのいいものだった。

上島はドーナッツも好きだった。仕事帰り、民子がドーナッツを買って帰ると、上島は喜んだものである。昔は仕事帰り、何度も買ったドーナッツ。でも、ここ一年は、すっかり持って帰らなくなった。

民子はそれほど甘いものが好きではない。

「……ねえ、民子。あいつが死んで悲しかった？」

店内に差し込む日差しが、ふいにかげった。雲が通り過ぎたのだ。日差しがとぎれると、春とはいえまだ寒い。

静香は食べ残しのドーナツを皿に置いて、熱いコーヒーカップを両手で包む。

「だって民子、全然泣かないし、取り乱さない。一年経っても」

「あの日、泣いて泣いて泣き疲れて、もうさんざん泣いたから、もう泣かないって決めたの」

民子はまだ溶けない氷をストローでかき回しながら笑う。そんな民子の前に、小さな箱が置かれた。

静香がおもむろに差し出したのだ。箱にはパティスリー、と金色の文字で刻まれている。

「はい。ショートケーキ」

「え？」

「ここの店、フルーツのケーキが美味しいんだって。あんた、あたしの爪《つめ》見てショートケーキ食べたいって思ったでしょ」

にやりと笑った静香の顔は、子供の時から一つも変わらない。いじわるで優しくて女らしくて、そして強い。

「あたしもこのネイルしたとき、思ったの。だからあんたもそう考えるだろうなって。甘くないやつだから民子でも食べられるでしょ」

「すごい」

「何年あんたの友達やってると思う?」

静香の指が民子の額を弾く。

「だから分かるのよ。あんたまだ完全には復活してない。ケーキでも食べて、元気だしな」

その指から、甘い香りが漂《ただよ》った。ドーナツの香りだけじゃない、それは静香の香りなのだろう。


「ただいま」

静香とのお茶会を解散して、民子はいそいそと家に戻る。日曜はすっかり夕暮れ。茜《あかね》色の日差しが家の中を染めきっている。生ぬるく、こもった空気が民子を迎えた。

春めいた外よりも、民子は家の中が好きだ。

家に戻れば、上島が居るような気がしてしまうのだ。もう二度と会えないというのに。

民子の家は、三畳の台所と六畳の部屋だけの小さなアパートだ。玄関を入ると、西向きの窓から光が漏れる台所。そしてその奥にある和室には、ベッドと机、そして上島の写真が乗る小さな棚。

「ただいま上島さん」

いつものように、棚の上にある笑顔の上島に手を合わせながら、

（そういえば、彼のフルネーム、知らないままだったな）

と、民子は思った。

今となってみれば、本当に上島という名前だったかどうか。それさえ分からない。

二年前、春の訪れとともにふらりと現れて、一年ほどでふらりと居なくなった。上島はそんな男だった。

昨年の春、交通事故であっという間だった。病院から呼び出しを受けて、あとはもう記憶が曖昧《あいまい》だ。

葬式をどうあげればいいのか、どこに知らせればいいのか。呆然とする合間に、どこから現れた胡散臭《うさんくさ》い男が、春の嵐のように素早く上島をさらっていった。

上島の親族だというその男は、まるで鉄骨のように無表情である。感情の欠片もない声で、顔で、民子にこれまでの不作法をわびて、無理矢理封筒を押しつけた。

ちらりと見えた札束に驚いて押し返したが、男は受け取りもしない。封筒は宙に浮いて床におち、はみ出た一万円札が畳に広がる。その音で、初めて民子は、上島はもう帰ってこないのだと実感した。民子がそれをかき集めて男に叩きつけた時、彼は驚いたように苦

笑したが、その笑顔に暖かみは一切無かった。

男は驚くほどの早さで上島の痕跡をすべて段ボールに詰め込んで、消えた。

服に靴に、灰皿、読みかけの本。上島がお祭りで買ってきた小さなおもちゃ。そんなものまで全て、全て、全てだ。

一時間ほどで、上島がいた時間すべてが消えた。

呆然と座り込んだ民子の目の前に、落ちてきたのが一枚の写真だった。

それは彼が就職活動をした際に、気まぐれに撮ったものである。正社員でも目指してみようかな。なんて言い出したのは夏の頃だったか、秋の頃だったか。

それまで彼が何をしていたのか、民子は知らない。上島のことに関して、民子は自分でも驚くくらい寛容だった。上島の性格のなせる技だろう。

履歴書用に撮ったという写真を見せられたとき、こんな笑顔じゃ書類選考を通るわけがないよ。と、民子は笑い、上島も笑った。

それでも上島はあちこちにその写真つきの履歴書を送ったようだ。もちろん、面接まで通ることはなかったが。

その時の写真が一枚だけ。たった一枚だけ、押入の天袋《てんぶくろ》に残っていたのだ。

おもしろいから一枚だけは持っておこうかな。と、上島が言った。どこかに隠したから見つけてみて、上島はそんな風に民子に言っていた。

その時はどんなに探しても見つけることができなかったのに、偶然にもそんなタイミングで舞い落ちてきた。

「……お帰り」

その写真を見て民子は震えた。そしてそれをそっと抱きしめて、泣いた。

それから夜にかけて朝にかけて散々泣いたので、もう泣くのは止めようと思った。その時から、民子は泣いてない。

「今日はケーキだよ。カロリーオーバーになるから、晩ごはんはケーキで終わり」

民子はだめ男にだまされるタイプだよ。と、静香を始めとした友人たちは口を酸っぱくしてそう言った。民子自身も、その自覚はある。これまで好きになった男は、だいたいどこか欠点があった。

その中でも上島のだめ具合はトップクラスだ。周囲が言う通り、上島はけしていい男とは言えない。

生活の面倒はほとんど民子が見ていたのだし、彼は家事も壊滅《かいめつ》的にできなかった。ただ家にいて、笑っているだけだった。

しかしそれに、どれほど救われていたか。その笑顔が一枚だけ、残っていた奇跡にどれほど感謝したくなるか。

それを上島に伝える術はもうないけれど。

「イチゴたっぷり」

民子は机の上においたケーキの箱をうやうやしく開ける。中を覗き込むと、真っ赤なイチゴが三粒乗ったショートケーキ。

びっくりするくらい赤くて大きなイチゴだ。つん、と澄まして見えるほど、気高いイチゴだ。ロゼ色のゼリーをまとっているのが、いかにもそれらしい。

「あ。お皿出さなきゃ」

白い箱の中に鎮座するケーキを見つめたあと、民子は慌てて立ち上がる。

「お皿、どこやったかなあ」

民子はそわそわと食器棚をのぞき込み、続いて戸棚を開ける。長い間ケーキを食べていないので、手頃な皿が見あたらない。

「お皿、お皿……あ、あった！」

ずっと昔に買った、大きな柄入りのケーキ皿。それは普段開かない棚の奥に息を潜めて収まっていた。棚を開けたとたん、懐かしい香りがする。それは、数年間、閉じ込められた空気のにおいだ。

「……見つけた」

皿をつかむと、それは青と赤の二枚で一組。つかんで引き寄せ、しばらく考えて民子は青の皿をそっと押し戻した。

「さて。ケーキ、ケーキ」

赤の皿を軽く洗えばあっという間に綺麗な色を取り戻す。民子はその皿の上に、恭《うやうや》しくケーキを乗せた。

イチゴが乗るスポンジには真っ白な生クリームがたっぷり。クリームの隙間に、挟まれたイチゴの赤色が見えるのも色っぽかった。崩さないように優しく白い皿に移し、周囲の薄いセロハンを剥ぐとイチゴが香った。

誰もいないことは分かっているのに、民子は周囲を探る。そしてそっと舌先で、セロハンの生クリームをなぞる。

イチゴのゼリーと生クリームが残るセロハンは、ショートケーキ本体とはまた違ったおいしさがある。

甘いものが苦手な民子だが、たまに食べるイチゴのショートケーキは特別だ。酸味と甘さが心をほぐす。

「……さて」

ケーキの上に乗った大きなイチゴは良い具合に熟していた。民子は優しく一粒をつまみあげる。この時、イチゴの先でクリームとスポンジを少し削り取ることも忘れない。白のクリームとスポンジに彩られたイチゴを口に放り込めば口の中が、甘さに痺《しび》れた。

自然の甘みと人工の甘い味。二つの甘さが鼻に抜けて、最後はイチゴの香りだけが残る。ケーキの上に乗ったイチゴはクリームとスポンジ生地を少し付けて食べるのが礼儀であり、それが一番美味しい。民子はずっと子供の頃からそう信じ続けていたし、今でもその考えを崩さない。それを理解してくれたのは上島だけだった。

あまりに民子が美味しそうにイチゴを食べるから。そう言って、上島はいつもイチゴを分けてくれた。だから食べ終わる頃には民子の赤いケーキ皿にはイチゴのヘタがたくさん、並んだものだった。

「いただきます」

さあ、先ほどまではただの前菜。これからが本番だ。フォークをスポンジに差し込むと、ぐにゃりとケーキが歪んでクリームが崩れる。先ほどまでは恭しくいただいたケーキに対して、今度は砂の城を崩す子供の残酷さを滲ませて、民子は無心にそれを口に運ぶ。

スポンジに、クリームと洋酒が滲んでいた。くちゃりと柔らかいその食感を美味しいと感じることができるようになったのは、大人になってからのこと。

そもそも、幼い頃からあまり甘いものに興味を示さなかった民子である。水分を吸ってぶよぶよ太ったスポンジは、特に苦手だった。

しかしその頼りない柔らかさと甘さが美味しいということなのだ……と、最近になってようやく気づいた。甘いものは、おなかではなく心を癒すのだ。

「うん、美味しい」

しかしこのお茶会には、何かが足りない。

そうだ、温かい紅茶である。

「あ、やだ紅茶いれるの忘れてた」

フォークをくわえたまま、民子は立ち上がり台所へ。慌ててヤカンを火に掛け、口に含んだフォークを舌先で少し舐める。

甘さの中に金気《かなけ》の味わい。

それは、一年前に味わった涙の味に、少しだけ似ている。

炊き立てご飯

そういえば、その日は朝からついていなかった。

朝から盛大に寝坊、仕事は一分遅刻で十五分の減給扱い、それで出鼻《でばな》をくじかれたせいか午後の仕事はミス連発。帰りの駅では盛大に階段からずり落ちて怪我こそなかったものの、注目を集めた。

家に戻って、恒例の「ただいま」を言う前に、民子は玄関先で崩れ落ちる。

「ああ、しまった……」

手にはパンパンに膨れあがったスーパーのビニール袋。中にはゴボウに、ニンジン。そして鶏肉、ちょっとお高いコンニャクも入っている。

しかし、家にたどり着いた民子の鼻に届いたのは炊きあがりの、米の香りである。

「今日は炊き込みご飯作ろうと思ってたのに」

こんなに嫌なことが続く日は、細々した家事が一番だ。全部まとめて細かく切ってお出汁の味の炊き込みご飯を作ろう。と、帰りの電車の中で思いついた。

茶色のお焦《こ》げが香ばしい、そんな炊き込みご飯があれば、嫌なことを忘れて幸せな一日の締めくくりになる。そう思っていたのに。

「ご飯、予約しちゃったんだ……」

スーツ姿のまま、民子は台所の炊飯器《すいはんき》を憎らしく見つめる。

「……炊き込みご飯、食べたかった……」

玄関を入ってすぐの机に、炊飯器は鎮座している。帰ってすぐご飯の様子を見られるのはいいけれど、こんな風な日はいっそ憎らしい。

あんなに朝、バタバタしていたくせに、しっかり炊飯器の予約ボタンは押していった。

自分のまめまめしさにがっかりする。

……米を炊きあげた炊飯器は一仕事終えたみたいな顔をして、緑色のランプを誇らしく輝かせていた。

もう十年選手になる古い炊飯器だが、ミス一つなく健気《けなげ》に米を炊いてくれる。

（そういえば、上島さんは炊飯器を換えたい、なんて言ってたけど……）

民子は炊飯器を軽く撫でる。以前、上島が炊飯器を買い換えたい、などと言い出したことがあった。

言い始めたら聞かない上島は、いろいろなメーカーの炊飯器のパンフレットを持って帰ってきては、民子に大々的なプレゼンをした。もっと美味しい米を炊きたいのだ……米なんて炊いたこともないくせに彼はそう言った。

家電にまったく興味を示さなかった上島にしては、珍しい事件だった。

今の子でも十分においしいお米が炊けるから。

そんな風に民子が守ったおかげで、この炊飯器は捨てられもせずここにある。

「私が守ってあげたんだからね」

まるで返事をするように小さな穴から煙が吹き上がる。

ぷん、と鼻に届く甘い香りは、すてきなお米の香りだ。しかし、これでは炊き込みご飯が作れない。

「ただいま。上島さん」

仕方なく民子は買い物袋を床に置いて、笑顔の上島に手を合わせる。ばかだなあ。なんて声が聞こえてくるようだった。

それが憎らしく、民子は写真をつんと突く。上島はやはり笑顔だった。当然だけども。

「どうしよう……他におかずないし」

野菜を切って煮物にするのもいいが、それはちょっとシャクだ。民子は爪を噛んで、目の前のビニール袋を睨《にら》む。

今日はご飯の気分だったのだ。味の付いたご飯があればそれでよかった。

(悩んでも仕方ないし)

そうだ。仕方ない。炊飯器の蓋《ふた》をあければ、もわもわと白い煙と甘い香りが民子の鼻を濡らした。

真っ白いお米が、炊飯器の中に整然と並んでいる。炊きあがったばかりの、真っ白でふっくらとしたお米。

米は海外では野菜の扱いだ。確かに、炊きあがったばかりの米は、瑞々しく、野菜のそれに近い。大地を知っている香りがする。

しゃもじで切るように混ぜ、一口分だけすくいあげる。手にしゃもじを持ったまま、民子は周囲をちらりと見た。一人暮らしなのだから、誰もいない。それでも、見てしまう。誰も居ないことを確認して、大急ぎでしゃもじの上の米を口に運ぶ。

ほろりと、米粒が口の中に崩れた。

ちょっとだけ固い。民子好みの炊きあがり。米粒が口の中に崩れ落ちて甘みが広がる。噛みしめると、喉の奥が鳴った。

「……美味しい」

そういえば、上島と出会ったきっかけも米だった。

二年前の春。公園でおにぎりを食べる民子に上島が声をかけてきたのである。

給料日直前の平日、お昼。ランチ代がお財布に響いてしまうそんな時、民子は巨大なおにぎりを一つだけ作って会社を抜け出し公園に行くことにしている。

おにぎりの中には鮭《さけ》に鶏ミンチの甘辛煮《あまからに》、そして卵焼きなんかも入れてしまう。まるで宝箱のようなおにぎりをたった一つだけ作って、食べるのだ。そうすれば給料日前のひもじさや、節約の悲しさを味わわずに済む。

そんな、おにぎりにむしゃぶりつこうとした、その瞬間。

美味しそうだね。

唐突に、声をかけてきた男がいた。顔を上げれば、そこには真剣な眼差し。

それは先ほどまで公園の真ん中で、子供達と遊んでいた男である。最初、民子はずいぶんと大きな子供だ。と思ったものだ。子供の真ん中で下手な歌をうたって、走り回っていた。それが微笑ましくて、つい目で追っていた。その男が、民子の前に立っていた。

それが、上島だった。

お互い、何かを言う前に上島の腹が派手に鳴ったので、民子は恐る恐る、おにぎりを差し出した。なぜ、見知らぬ男に食べ物を差し出したのか。自分のことなのに民子自身が分かっていない。

たぶん、彼があまりに真剣な目で見つめてくるからだ。

一個しかないそのおにぎりを差し出されるなど、彼もまた予想もしなかったのだろう。一瞬だけためらったが、やがて上島は民子の手からおにぎりを受け取って、大きな口を開けてぱくりと食べる。

一口目は夢中の顔だった。二口目は目が丸くなった。三口目は、探るようにゆっくりと噛みしめた。

いろんな味を噛みしめて、彼は感動で目を大きく見開いた。

すげえ、宝箱みたい。

彼は、尊敬の目で民子を見る。それは、小さな子供がヒーローを見る様な目だったので、民子は思わずほだされた。

「上島さんにも、あげるね」

仏壇にはお米を供えるのだったな、と民子は思い出した。この家には仏壇などないが、写真があればそこは上島の場所になるだろう。

小さなお椀に炊き立てのご飯を盛って仏壇に供える。たしか実家では、そんな記憶がある。しかしこの家に専門の食器などはないので、陶器のぐい飲みに炊き立てご飯を乗せて、写真の前に置いてみる。

履歴書の写真の前に、ぐい飲み白米。

あまりにもおかしな光景に、民子は噴き出した。

「上島さん、ずっとご飯食べてなかったもんね」

写真の上島が前よりも笑っているようで、民子も嬉しくなる。

「私も……、うん。いただきます」

しゃもじにお米を乗せて、もう一口。お行儀は悪いが、こうして食べるご飯は格別。母はそんな民子を不作法《ぶさほう》だ、と言って怒った。上島はそんな民子を見て、火傷をするから止めた方がいいと、心底心配そうに言った。

しかし、もう怒る人も心配する人も誰も居ない。もう、誰も居ない。

夕陽を背に受けながら、民子はしゃもじの上の白米にふうふうと息を吹きかける。白い湯気ごと、口に入れる。口の中で白米がほどけていく。

「……そうだ、クギ煮があったっけ」

三口目に突入する前に、民子はふと思い出す。

今日、会社で小さなタッパーを貰ったのだ。先日まで実家に帰省していた同僚が、遠い海の味を届けてくれた。それは瀬戸内のあたりで作られる魚の佃煮《つくだに》だ。

イカナゴと呼ばれる魚の稚魚《ちぎょ》を醤油とザラメで、ぽってり煮込む。混ぜると崩れるので、ひたすらコトコト茶色く染まるまで煮込む。関西では春を呼ぶ料理だという。

小さなタッパーを開ければ、中には小さな魚が焦げ茶色に染まって詰まっている。チリメンジャコに似てるな、と民子は首を傾げた。

別に釘が入っているわけではない。魚が折れ曲がった様が釘に見える、だからクギ煮というらしい。

上島も民子も関西には縁がない。このクギ煮を初めて食べたとき、二人して顔を見合わせたものである。

民子は、あまりの甘さに驚いた。上島といえば「山椒《さんしょう》が入ってないんだ」なんて、見当違いの驚き声をあげた。ピリリと来ることを覚悟して口に放り込んだのに、意外な甘さが彼を驚かせたという。

「確かに、山椒が入っててもぴりぴりして美味しそうだけど」

しゃもじを箸に持ち替えて民子は小魚をつまみ、白米に乗せる。

白い米に、照りのある茶色が染み込んだ。一息に頬張ると、口の中いっぱいに甘さが広がる。見た目よりもずっと柔らかく、噛みしめれば噛みしめるほどに甘い。

甘い物は苦手な民子でも、この甘さはくせになった。

「やっぱり、これは甘くないと……」

目を閉じれば、遠くに海が香る。それはこの小魚たちが持つ、思い出が味となって伝わってくるようだった。

「……もうひと味欲しいな。なんだろう、うん……もうひと味……」

しゃもじを持ったまま、民子は目を閉じて考える。そして、冷蔵庫を開ける。そこに小さなバターの箱が見えた。

確かあと一欠片だけ残っていたはずだ。勿体なくて捨てられなかった、一欠片。

それをフォークの先でつついて、まだ熱い白米の上にそっと乗せる。ツンと澄ました四角いそれは、熱にとろけて白米の中に吸い込まれていく。

その上に慎重にくぎ煮を乗せて、一口で食べると自然と笑顔になった。

魚の甘さとバターの持つ脂身が、お米に包み込まれてとろとろに溶けていく。ぴりりと辛い刺激もいいが、こんな風に包んでくれる優しさがクギ煮にはよく似合う。

朝から続いていた嫌なことも、悲しいことも、全部吹き飛んだ。

ともすれば上島のことさえ吹き飛んでいく。ただ、今の民子には白米とクギ煮とバター。それしかない。

「……ああ、ご飯炊いておいてよかったぁ」

だから、民子は情けないほどの笑顔になった。

一緒に過ごして十年。やはり、この健気な炊飯器は、民子の友だ。

茜色の夕陽がすっかり消え夜が訪れる頃まで、民子はしゃもじでご飯を掘り起こす作業に夢中になっていた。

雨降りポテトサラダ

休日の朝、チャイムの音とともに民子の家へ来襲したのは大きな段ボール箱が一つ。

それは、土の香りをまとった、ずしりと重い春の贈り物だった。


「……届きました。はい、はい……毎年、ありがとうございます……」

受話器をつかんだまま、民子は宙に向かって幾度もぺこぺこと頭を下げる。

電話の向こうからくぐもって聞こえるのは上司の声だ。北海道生まれの上司は毎年、この季節になるときまってジャガイモを送ってくれる。実家の畑でとれたという春のジャガイモは、水分をたっぷり含んでずっしりと重い。

北から運ばれてくる土の香りを嗅ぐたびに、民子は春を感じるのである。

「……はい。失礼します」

一息おいて、ちん、と受話器を置く。そして民子は段ボールの前に座り込み、大きく息を吸い込んだ。

「今年も来たか、おまえたち」

不格好で、ごつごつ、ごろごろ。まとった土も払われないまま、みっちりと段ボールに詰まったジャガイモたち。

一人暮らしなので。と断って聞いてくれる上司ではない。せっかく送るのだから、箱いっぱい送りたい。そんな上司である。

「……土のにおい、いいにおい」

民子は箱から一つ掴んで、鼻に押しつける。

土と、水と、そして雨の香りがした。

それは、窓を叩く春の嵐の香りだ。

窓から下の道をのぞき込めば、カラフルな傘を揺らして道を行く人たちがいる。目の前の公園へ、花見に行くのだろう。手に持ったビニール袋から楽しげな音が聞こえてくるようだ。

たぶん、花も今日が見納め。

「ああ。もう、この雨で桜も散っちゃうかなあ……」

週末から降り始めた雨は、日曜の朝になっても止む気配がない。風も強くなってきた。花散らしの雨だ、花泣かせの雨だと、テレビはくどいほどに言い募る。

毎年のことだが、桜が咲いた頃に春の嵐が起きるのは、なんて意地悪なことだろう、と民子は思う。それと同時に、それくらい思い切って散らしてくれるほうが、未練が残らなくていいとも思うのだ。

「さてっ」

ジャガイモを掴んだり転がしたり。ぼんやりと雨の音を聞いていた民子は思い切って立ち上がる。

部屋の掃除は朝のうちにすませてしまった。時刻はちょうど昼を回ったところ。雨降りで、外に行く予定もない。

そうなれば、あとは料理を作るしかない。

「ポテトサラダを作ろう。タッパーいっぱいに、たくさん」

見栄えの悪いジャガイモを選んで、しっかり洗う。そして皮のまま、水を張った鍋の中へ。

「あとは柔らかくなるまでお鍋にまかせて……それから、ハムと、チーズと、そうそう。卵に、えっと……あ。コーンの缶詰」

ポテトサラダを作るのは久々だ。毎年、ジャガイモが送られてくるこの季節にしか作らない。

だからこそ、民子のポテトサラダは具だくさんだ。民子の母のポテトサラダは芋だけの究極にシンプルなものだった。きっと、母親が民子のポテトサラダを見れば、眉を寄せることだろう。

（でも、具だくさんの方が、美味しいよね）

民子はハムを細かく刻む。先に作っておいたゆで卵の皮をつるりと剥いて、乱暴に刻む。

余っていた缶のコーンに、粉チーズ。キュウリの薄切りに塩をまぶし、きゅっと水を切る。

ささくれに、塩水が染みてちりりと痛い。その痛みで、民子は思い出した。

「ああ……最後に作ったのは、二年前かあ」


上島との二回目の出会いは、雨降りの桜の下だった。

ちょうど二年前の今頃。今のように届いたジャガイモに手を焼いて、民子は大量のジャガイモ料理を作り静香を花見に誘った。

あの年も、桜の時期は短かった。そんな短い桜を散らせる無情な雨の中、多くの花見客が集っていた。人々の周囲には、様々な匂いをまき散らす屋台に、射的の屋台。金魚すくいなどで夜の公園が眩しいほど。

その中で、民子は静香に弁当を披露する。

ポテトサラダにじゃがいもの炒め物、煮っ転がし。タッパーいっぱいに詰まったジャガイモ料理を見てひとしきり静香は笑う。それでも食べてくれるのが彼女の優しさだ。

雨の当たらない場所に陣取って、二人膝をつき合わせ「いただきます」と、手を合わせたとたん、近くの屋台から声が聞こえた。

「おにぎりの子」

声は、そう言ったのである。驚いて顔を上げれば、そこに上島がいた。彼は派手な法被《はっぴ》を身に着けて、たまごせんべいと書かれた屋台の中で大きく手を振っている。その顔を見て、民子も「おにぎりの人」と返した。

上島は根っから無邪気で人見知りも遠慮もしない。屋台から飛び出してくるなり、ちゃっかり静香と民子の合間に滑り込み、弁当をのぞき込んで満面の笑みを浮かべた。

「俺も食べたい」

まるで子供のような言葉に、静香でさえ呆れかえって言葉もない。返事もまたず彼はがむしゃらに、食べた。


（上島さんは、食べるっていうより、飲むっていうか……）

民子はキュウリの水分を絞りながら、ふつふつと二年前を思い出す。

こんな雨の、こんな気温の日だった。今日は、あの花見の日によく似ている。

（本当に気持ちのいい食べっぷりだったなあ……）

大きな弁当箱につめてあったジャガイモ料理は、あっと言う間に上島の胃の中へ。

（そのくせ、綺麗に食べるんだった）

おなかが空いていたのだと、少し照れたように上島は言った。その顔を見て、子供みたいだな、と思ったことを覚えている。

「おっと、ジャガイモ」

窓を流れる雨の滴を眺めているうちに、湯気が顔を撫でる。ジャガイモが湯の中で盛大に揺れていた。

慌てて火を弱めて、箸の先で踊るジャガイモをつつく。するりと、何の抵抗もなく箸が刺さった。薄い皮がぺろりとめくれて湯の中で泳ぎ始めたら、そろそろ完成の合図だ。

「よいしょっ」

慎重に鍋を持ち上げ、ざるの中へ。ざっと流せば真っ白な湯気とともにジャガイモがごろごろと転がりでてくる。

まだあつあつのそれに向かい合い、民子は深呼吸一回。思い切って、皮に指を伸ばした。

「あつっあつっ」

指先から伝わってきたのは、焼かれるような鋭い痛みだ。それに耐えて、必死に皮を剥いていく。皮の薄い春のジャガイモは、ねっとりと濃厚で水分が指に絡む。思い切って水につけてしまいたいが、民子はそれをぐっとこらえた。

(ジャガイモは、水にさらすと、味が薄くなる……)

……と、口を酸っぱく言っていたのは民子の母だった。それに、腹が立っている時にポテトサラダを作ってはだめだ、とも母は言っていた。腹立ちまぎれに作ると、ポテトサラダはまずくなる。ゆったりとした気持ちの時に作らなくてはだめだ……。

だからポテトサラダはこんな風に、思い出を反芻《はんすう》しながら作るのに向いている。

「ああ。あつかった」

皮を剥き終わったジャガイモは、自信なさげにざるの中に並んでいる。それを潰さずに、荒く刻む。潰れるほんの直前くらいの、あらみじん。これが民子のポテトサラダだった。

二年前の花見の際、上島は嬉しそうにポテトサラダを食べた。本当においしい、と彼は幸せそうに言った。

（たしか、あのときは上島さんのことを、売れないミュージシャンって思っていたんだった）

民子はふと、笑ってしまう。公園で子供達と歌う姿が印象的だったせいだ。しかしその歌はお世辞にも上手とはいえず、だからきっと、売れないミュージシャンなのだろう……などと思っていた。結局、彼が何者で何の仕事をしているのか分からないままになってしまったけれど。

突然二人の間に割り込んできた上島を不審そうに睨む静香に、民子はどう説明をしたらいいものか迷った。そんな民子を見て、静香も何かを察したのだろう。彼女は明らかに軽《けい》蔑《べっ》した目で上島を見た。

しかし上島といえば、あっけらかんと自身を「料理人だ」と名乗った。どこからどう見ても料理人なんかには見えない。そんな風に名乗ったおかげで怪しさは増し、静香は上島を睨んで民子を引き寄せたものである。

（静香は心配性だからなあ……）

マヨネーズの底をぎゅっと押しながら、民子は思う。

あらみじんのジャガイモ、塩もみキュウリにコーン、チーズ、ハム。すべてをさっくりと混ぜて、塩と胡椒《こしょう》。そして、マヨネーズをたっぷりと。

「塩と胡椒とマヨネーズは、偉大」

混ざっていくボウルの中身を眺めながら、民子は思う。この三つがあれば、だいたいどんな食べ物もおいしくなってしまう。

「あとは、隠し味でちょっとお砂糖も」

足りないのはほんの少しの甘みの優しさ。加えて混ぜれば、やっぱり土の香りがした。ジャガイモの持つ土の中の思い出が、香るのだ。

「……さて。味見」

目の前にでき上がったのは、ボウルたっぷりのポテトサラダ。

柔らかく湯気をあげるそれをスプーンの先に少しだけすくいあげ、口の先で受け止める。まだ温かいジャガイモの柔らかさと、口のなかでごろりと崩れる芋の味。甘いマヨネーズに、ぴりりと効いた胡椒の味わい。さくり、と歯に触れるキュウリのみずみずしさ。

「うん。おいしい」

と、民子は小さくガッツポーズを作る。

「そういえば、みりん煎餅《せんべい》があったっけ……確か、あのときもみりん煎餅で……」

窓を叩く雨の音に、民子の記憶が刺激される。たった二年前のことなのに、思い出が細切れに浮かんでくるのが不思議だった。

上島はさんざん民子の弁当を食べたあと、屋台に駆け戻り、売り物と思われる大きなみりん煎餅を腕いっぱい抱えて戻ってきた。彼はそれにポテトサラダをたっぷり乗せると、民子に向かって差し出したのである。

「あった」

戸棚の奥、そこにはみりん煎餅の袋がある。薄赤く、かりりと焼きあがった香ばしくも甘い煎餅だ。

その上にそうっと白いポテトサラダを乗せて、もう一枚でサンドする。

赤と白で、綺麗なサンドイッチが完成した。

（きっと、おいしいから）

食べてみて、と上島は言ったのだ。

「うん、おいしい」

噛みしめた民子は二年前と同じ台詞を言った。さっくりと割れた煎餅の甘みと、濃厚なポテトサラダ。ぎゅっと押せば、左右から漏れそうになるので急いで口の先で受けとめる。

「でも、これはやっぱり外で食べるものだよ、上島さん」

ぽろぽろこぼれる煎餅のかけらをみて、民子は笑う。

たしか、あの時もこぼれ落ちた煎餅の欠片を見て上島が慌てたのだ。

ばつが悪そうに民子の袖についた粉を払う上島は小学生の男の子のようだった。

そんな必死さがおかしくて、民子は人生の中で初めての勇気を出した。

（たぶん、あのときの、ピンク色の付箋《ふせん》）

偶然、民子のポケットに入っていた仕事用のピンクの付箋紙。民子は静香に見つからないよう、大急ぎでそこに十桁の数字を書いた。それは、民子の家の電話番号だ。

おなかが空いたら、かけてきて。上島に押しつけて、囁いた。恥ずかしくて上島の顔も、見られなかった。

そんな勇気がどこにあったのか。たった二度しか会ったことのない男に対してこんな軽率な真似なんて、これまでの民子ならきっとしなかった。

なのに何故か上島に対しては、そんなことができたのだ。桜とみりん煎餅の色に酔ったのかもしれない。

今はやりのスマートフォンどころか、携帯電話さえ民子は持っていない。あるのはただ、古くさい固定電話だけ。

市外番号から書かれたその付箋紙を見て、上島は目を見開き、そしてあの笑顔で微笑んで言った。

ありがとう。お守りにする。

やっぱり、子供のような笑顔だった。


「ただいま。上島さん」

みりん煎餅を手にしたまま、民子は無意識に上島の写真をのぞき込んでいた。別に、どこへ出かけていたわけではない。

なぜか長い旅から戻ってきたような、そんな気がするのだ。

上島の笑顔は、相変わらず満面だ。この笑顔が、民子は好きだった。

「……ああ、去年はジャガイモをだめにしたんだっけ」

散らばっていく粉なんてもう気にしない。

民子はみりん煎餅にポテトサラダをたっぷり乗せて噛みしめながら、床に鎮座する段ボール箱を眺めた。

「もったいないこと、したな」

昨年は、ジャガイモを半分ほど、だめにしたのだ。段ボールの中ですっかりしなびてしまったジャガイモを整理できたのはもう夏も間近の頃。

一年前。上島が居なくなった春から初夏にかけて、民子の記憶は少々曖昧で、その曖昧な空気の中でジャガイモたちはすっかりしなびてしまった。

（悪いことをしたな）

だから今年のジャガイモは、ちゃんと食べてあげよう。

雨の流れる音を聞きながら、民子は息を吸い込む。部屋の中を浸食する雨と土の香りに混じる、みりん煎餅の甘い香り。目を閉じれば、かつての花見の風景が民子の目の前に広がった。

夜のコロッケパン

「ただいま、上島さん」

初夏の夜は、少しだけ特別な気がする。夜の色が青く、濃い。そんな夜の風を切って家に飛び込むなり、民子は息を切らせて上島に挨拶をした。

「ごめんね、ばたばたして。挨拶は、またあとでね」

挨拶もそこそこに、スーツを脱ぎ捨てると部屋着に着替えてエプロンを巻き付ける。

「いそげ、いそげ」

民子が慌てるのには理由があった。

今夜、静香と夜のハイキングにでかけるのである。

桜もすっかり散って初夏の風になる。新緑の下で楽しむハイキングは、昼ばかりじゃない。夜にだって楽しいものだ。そんなニュースを見た静香が気まぐれに民子に連絡をよこしたのは今朝一番のこと。

夜、お弁当を持って近くの公園へいこう。

派手好みの静香だが、こんなところばかりは民子と気が合うのだ。

そしてそんな時の静香は決まって、民子の料理を食べたがる。それは静香に悲しいことがあった時の合図だ。仕事で何かあったのか、プライベートか。それは分からないけれど。

「えっと、ポテトサラダと……あ、春キャベツもある。冷凍庫は……おお。パンがある」

民子は忙しなく冷蔵庫の中をのぞき込む。先日作りためておいたポテトサラダに、焼いたあとに冷凍をしておいた手作りの丸パンが見える。

「……よし、コロッケパンだ」

しばらく思案したあと、民子の口から漏れたのはその一言。余ったポテトサラダに衣をつけて、かりりと揚げる。その黄金色のポテトコロッケを、丸パンに挟んで甘いソースをかけてやればそれだけでよそ行きの顔になる。

夜の生ぬるい公園で食べるのにふさわしい、きっと贅沢な味になるに違いない。

「いそげ。いそげ」

時間はあまりにも少ない。時計は一刻一刻と時刻を刻む。

冷たいポテトサラダを手の中で小さくまとめて、小麦粉、卵、パン粉にくぐらせる。並べてみれば、形はバラバラ。粉のつきかたも不均等。それでも、揚げてやれば様になる。

「コロッケパンに使うコロッケは、油たっぷり目」

フライパンに油をそそぎ込む。ふつうのコロッケなら、ほんの浅い油で揚げ焼きのようにする。ただ、油の節約のためである。

しかしパンに挟むのなら、油はたっぷりの方がいいのだ。夜の公園で食べるのならなおのこと。

（……コロッケ作るのも久しぶり）

熱い油の中にそっとコロッケを滑り込ませると、激しくぱちりと弾けて民子の腕を焼いた。

「あつっ」

この音も、油の香りも、久しぶりだ。

最後に作ったのはやはり二年前。こんな風に余ったポテトサラダを持て余して、コロッケにした。

……そして、何気なく思ったのだ。上島にプレゼントをしようと。

それは、上島と二度目の出会いを果たした五日後のことだった。おなかを空かしている上島の顔が浮かんだ。コロッケを嬉しそうに食べる上島のことも簡単に想像がついた。どうしても、彼にコロッケを分けてあげたくなった。

（静香、怒ったなあ）

じゅうじゅうと、油の泡を吹き出すコロッケを眺めながら民子は思い出す。

こっそりコロッケを作って花見の屋台に急ぐ民子を見つけた静香は、だいたいのところを察したようだ。

弁当箱の中を見て、静香は言った。「あんな男はやめなさい、民子」そして続けて彼女は言った。「あんた、好きな男ができたら揚げ物ばっかり作るからすぐ分かるのよ」

自分でさえ把握していなかった癖を見抜かれ、民子はひどく狼狽《ろうばい》して赤面した。だから結局、上島のために作ったコロッケは静香の腹に消えたのだ。それをあとで知った上島は大げさなくらいに悔しがり、民子にコロッケをねだった。

上島のわがままに付き合って一週間連続でコロッケを作った時は、二人して胃もたれに苦しんだ。

(別にあのときは、上島さんのことを好きだとか……たぶん、まだそこまでは)

民子は気まずく、上島の写真を見た。

(思ってなかったと、思うんだけど)

静香の勘は鋭い。あっという間に、民子が上島に電話番号を渡したことまでばれてしまった。それを知った静香はさんざんに民子をしかりつけたのだ。

それは、聞き分けの悪い妹を叱責する姉のようだった。

「……そうっと、ひっくり返して……」

コロッケはちょうどいい感じに揚がっている。それをそっとひっくり返す。一つ目、二つ目。ちょうど三つ目で、コロッケの衣が裂けてパン、と激しい音を立てた。

割れた場所から、芋と、熱の入ったキュウリが香る。

ポテトサラダをコロッケにすると、いろんな香りが混じり合う。二回調理されることで味に深みがでる。余り物に手をかけると、こんな風においしくなる。だから民子は、ふつうのコロッケよりもポテトサラダで作るコロッケの方が好きなのだ。

「割れたやつは、味見用……いただきます」

言い訳をして、民子は割れたかけらを引き上げる。キッチンペーパーで油を吸い取り、上から黒いソースをどろりとかける。ふうふうと息を吹きかけ口に放り込めば、さく、と美味しい音が耳に届く。柔らかいポテトサラダが舌を包む。

「美味しい」

民子は時間も忘れて、思わず笑顔になる。かつて、もう二度と食べるものかと苦しんだ胃もたれ事件から二年。喉元をすぎれば……と言う通り、民子の胃はすっかりコロッケを受け入れるようになっている。

上島以外のために作るコロッケは久々だった。

割れた欠片を箸でつまみあげ、一つ、もう一つと夢中になる。そんな民子の耳にふいに懐かしい曲が届いた。

「あ。懐かしい」

天気予報を見るためにつけたテレビから聞こえたのはCMソング。それはもう十年以上前に流行った曲だ。

昔、偶然この曲をラジオで漏れ聞いたとき、上島はサビの部分でヘタな英語のコーラスを入れた。あまりに歌が下手なので、ああ。ミュージシャンというのはやはり自分の勘違いだったのだな、と民子は一人納得した。今から考えれば随分失礼なことである。

原曲にもない彼のオリジナルのコーラスは、最初こそ奇妙だったが聞き慣れると不思議なもので、今ではコーラスがないと少しだけ物足りない。

「パンを温めなきゃ」

時刻は無情にも過ぎている。約束の時間まであと少し。

温めたパンに春キャベツの千切り、あつあつのコロッケを押し込んでソースと少しのマヨネーズ。それをアルミでくるりと巻いて、軽く押す。

手の中で、すべての味が一つになる音がする。

（静香、怒るかな）

コロッケを見て、静香は思い出すだろうか二年前のことを。それとも、覚えているのは自分だけなのだろうか。

そんな思いが民子の中を一瞬だけ駆け抜ける。振り返った棚の上、やはり上島は民子の気も知らず満面の笑みだ。

「また上島さんの知らないところでコロッケを作っちゃったね」

上島はあの時のように拗《す》ねるかもしれない。怒っているかもしれない。

上島の写真から目をそらし、民子は急いで支度を進める。

まだ冷めない、熱々のコロッケパン。それと一緒に持っていくのは、こんな夜に似合う渋めの紅茶。そして寝転がるためのビニールシート。寒くなっても大丈夫なように、厚手の膝掛《ひざか》け。

「……じゃあね、上島さん」

予想より重くなった鞄を肩に掛け、民子は急いで外へと飛び出した。

名残の春野菜

四月も下旬にさしかかると、日差しはもう、夏のそれに近い。

「……暑くなったなあ……」

真っ直ぐ降り落ちてくる日差しに目を細め、民子は掌を顔にかざした。

今日は全国で夏日でしょう。なんてのんきな天気ニュースを聞いたのは朝のこと。なるほど。顔にかかる影も、アスファルトに落ちる影もくっきりと濃くなっている。空気はもうすっかり夏の香りだ。

約束も用事もない日曜の午後、生ぬるい空気は眠気を誘う。

家にいても昼寝をしてしまうだけなので、民子は買いだしついでに外に出た。しかし、もう帰って怠惰に眠ってしまおうか……道の真ん中で大きな欠伸に、伸びをする。

そんな民子に、突然、声がふりかかった。

「民ちゃん！」

情けないほどの大あくびに、油断しきった伸び。民子は慌てて姿勢を整えて、声の主を振り返る。

「……こんにちは」

せめて髪を押さえて、照れるように民子は笑った。

それは、道の角にある小さな小さな八百屋なのである。店先にはくすんだ色のカゴに乗せられた様々な野菜たち。小さく切った段ボールに、マジックで乱雑に書かれた値札表。天井から釣られた丸カゴには小銭の音。奥から聞こえるラジオの声。

「久しぶりだね。野菜見てくかい」

そして、店頭にはつるりと頭のはげ上がった愛嬌のある親父さん。

住宅街の隅っこにある、時がとまったような八百屋だった。

親父さんの顔を見て民子も思わず笑顔になり、店先まで駆けていく。

「おひさしぶりです。欠伸、見られちゃった」

「いいんだよ。日曜くらい、欠伸したってさ」

民子がこの店を発見したのは、やっぱり二年前。滅多に通らない路地裏にあるせいで、こんな場所に八百屋があるなどずっと気付かずにいたのである。

野菜の値段は手頃。旬の物から珍しいものも置いているので、それ以降こまめに顔を出すようにしている。

「いい野菜ありますか？」

ひょい、と店先に顔を差し込めば、涼しい風が吹いた気がした。野菜から薫る青さが、風を運んだのだろう。

今日の店先は、緑の色が綺麗だった。菜の花、フキノトウ、タラの根。春野菜の名前が書かれた段ボールの切れ端が値札代わりに置いてある。

「まだこんなに春野菜、あるんだ……」

春ももう終わる頃。季節終わりの春野菜は、初夏めいた日差しの中でほんの少しくったりとしていた。

その値札の上には、赤い文字で「名残」と書かれている。

「なごり？」

「春野菜のね」

親父さんは、人なつこい笑顔を民子に向けた。

「旬の走りに旬の名残」

旬の食べ物を、そんな風に呼ぶのだ。と彼は言う。旬の少し前に出てくる走りに、終わりのころの名残。その言葉は、どこか寂しさを含ませる。

だから民子は思わずカゴを指した。

「ください」

「どれにする」

いくつかのカゴの上で民子の視線が踊る。どれも緑の色が濃い。名残の色は、深い色。

民子はそのうちの一つを、掴んだ。

「ん……じゃあ、菜の花」

はいよ、と満面の笑みとなった彼は、やはりやり手だ。そのしわしわの手の中に小銭を落としながら民子は苦笑する。

菜の花を選んでしまったのは、小さな黄色い花が目に入ったからだ。

花が付いた菜の花は養分を奪われて美味しくない。それでも、この華やかな色に民子は心惹かれてしまう。

それに菜の花は、苦味を嫌う上島が唯一食べられる春野菜だった。くたりと湯がいて醤油をかければ、彼はいくらでも食べた。

「そういえば、あの子は元気かい」

親父さんが菜の花を包みながら、何気なく言い放ったのは、そんな時だった。

「ほら、民ちゃんの彼氏だよ、えーっと……ほら、上島くんか」

全くの他人の口から漏れる上島の響きに民子はおかしいくらい動揺した。

「え、あ」

民子の手元から百円玉が落ちて、目の前のカゴにすぽりと転がる。慌てて民子は、そのカゴも持ち上げた。

「こ、これも買います……あの、上島さん、なんで、上島さんのこと」

「昔、ここで少しだけ働いて……」

言いかけて、親父さんははっと口を止める。そして慌てて人差し指で、口を押さえた。

「あ、秘密にしといてよ。いや、いけないいけない。民ちゃんには秘密だったんだわ」

「え」

「二年前かなあ。夏前くらいから、少しだけね。ちょうどうちの母ちゃんが捻挫《ねんざ》しちまって、バイトをね、募集したんだよ。表にはり紙してさ」

そこに上島は来た、と親父さんは言う。履歴書も、写真も何も持たずにふらりと現れた。そして、上島とだけ名乗った。

「あの通り、人見知りしないし元気で力もあるし、お客さんにも人気でね。野菜のことも、最初はなあんにも知らなかったのに、母ちゃんに聞いて覚えたりして……」

民子は呆然と、店の中を見た。そこは狭くて古くて、そして野菜の色彩に埋もれている。外は夏日でも中はひんやりと涼しくて、土と水の香りがする。

この中に上島が立って、得意げに客引きをする。そんな風景はたやすく想像がついた。

きっと似合う。きっと、ひどく彼らしい。

「……すぐ辞めたんですか？」

「民ちゃんがうちに来るようになったのは、いつごろだったか覚えてるかい」

「えっと……あっ」

民子はふと思い出した。そうだ、初めてこの店を見つけたとき、大きなナスと艶やかなトマトを買ったのである。

「夏の頃……二年前の」

「そうそう。ちょうどその頃に、あいつは辞めたよ。今から思えば、民ちゃんが初めてこの店に来たとき、あいつ必死に隠れてたっけなあ」

親父さんは懐かしそうに、言う。

民子は必死に二年前の記憶を掘り返す。しかし、この店に上島が立っていた記憶はない。きっと、民子を見た瞬間、まるで忍者のように素早く隠れたのだろう。

「最初は何で辞めるのかって引き留めたけどさ、そのあとに民ちゃんとあいつが歩いてるの見て。あいつも普段はあんななのに、民ちゃんに隠れて必死に俺に頭なんか下げてさ」

親父さんは、そう言って店の前の道を見る。民子もつられて見た。今は明るい日差しに、電柱の影だけがある。そこを二年前、確かに二人は歩いていたのだ。

「なんで」

「料理人」

「え」

「民ちゃんにあいつ、自分は料理人だーなんつって言ってたんだろ」

親父さんは堪えきれないようにくすくすと笑う。

「だからうちの母ちゃんに、必死に料理のやり方聞いてさ。ちっともできねえくせに」

民子は上島の言葉を思い出していた。彼は常々「きっと民子にうまい飯を食わしてやるから」と言っていた。もちろん、口から出任せだ。そのときの彼は、どこからどう見ても料理人になんて見えなかったし、実際料理なんてできなかった。

彼が自ら「料理人なんて嘘だった」としおらしく告白してきたのは、一緒に住み始めて一ヶ月もあとのこと。彼は何かを作ろうとして鍋を焦がした。その鍋を恐る恐る差し出して、物凄い秘密を暴露するかのように言ったのだ。「嘘を吐いてごめん」と。そんなこと言われなくても分かっていることだったのに。

そうだ、その頃に、あの笑顔の写真を撮ったのである。

「実際はプーでさ、でも好きな女の子にはちょっと良いところ見せたくって、大きなこと言う、なんて、俺でもその気持ち分かるなあ」

「あ……これ。これも、買います」

民子が勢いで掴んでしまったもう一つのカゴはタラの芽である。

「男の意地だよ、分かってあげなって。だから俺もこれまで黙ってたんだ。でもさ、今朝、母ちゃんといろいろ思い出話してて……そんな時ちょうど民ちゃん見かけたから、つい口がすべっちまった」

店の奥のラジオから、古めかしい歌謡曲が流れてきた。それを聞いて親父さんは目を細める。なにか、思い出のある曲なのかもしれない。

「あ。そうだ。タケノコ、おまけ。口止め料。あいつと一緒に食べな」

「あの、上島さんは、上島さんは、もう」

「いいから、いいから」

親父さんは、民子のビニール袋にタケノコを一つ、ぽとり落とした。

「春野菜はアクが強いけど、菜の花は湯がくだけで食べられるからね」

渡された名残の重さで、民子の指がみしりと鳴った。


「ただいま、上島さん」

家の中はむしむし暑い。ああ、この空気は夏の空気だと、民子は辟易《へきえき》とする。

ひとまず上島に挨拶をすませると、民子は小さな鍋に湯を沸かす。湧き上がる湯気が嫌になってくれれば、それは夏が近づいている証拠だった。

湯立ったそこに塩をいれ、よく洗った菜の花を根本からそうっと落とす。

「根っこは長く、上は短く」

綺麗に湯がくコツは、その色を見ることである。

(ああ、確かに……)

ゆっくりと湯の中に沈んでいく緑の色を眺めながら民子は思い出す。そういえば二年前の夏の頃、上島が妙に野菜に詳しくなったことがある。

料理なんてからっきしだめなのに、料理を作る民子の後ろについて回ってはやけに口を出してくることが増えてきた夏の頃。聞いても彼は笑うばかりで答えなかった。うまい料理を作ってやる、と自信満々に言い放ち、彼は再び鍋を焦がした。

何を作ろうとして焦がしたのか、聞いても彼はいっさい答えてはくれなかったけれど。

（上島さんの、男の意地……）

湯の中でも分かるほど綺麗な緑色に輝き始めると、それが合図。菜の花の上は柔らかいので、さっと湯がく程度で引き上げて水の中で軽く絞る。それを暖かいうちに切り分けて、そして。

「……少し味見しちゃおうかな……」

晩ごはんには、この菜の花を卵と一緒に炒めようと民子は考えている。緑と黄色と、そして小さな黄色の花。きっと綺麗な色の食卓となる。でもその前に、名残だけの味を食べておきたかった。

「シンプルに、お醤油と……あ、辛子も」

小さな器に一口だけ取り分けて、まだ熱い菜の花にぽとりとお醤油をひとたらし、上から一粒の辛子。

「……ねえ、上島さん。なんで、八百屋さんで働いてたこと黙ってたの？」

民子は皿を持ったまま上島の写真を覗いた。写真の彼は、笑っている。こんな顔で野菜を勧められたら、きっと買ってしまう。上島の笑顔には人を引きつけるそんな魅力がある。どんな声で、どんな言葉で野菜を売っていたのだろう。と民子は想像する。黙っていたのは男の意地だ、と親父さんは言っていた。

男の意地から最も遠いと思えた上島にも意地はあったのだ。そんな彼の意地を、居なくなって一年も経って知らされるなど不思議なことだった。

「……いただきます」

噛みしめた名残の菜の花はほどよい湯がき加減。醤油の甘みと鼻に抜ける辛子の痛み。そしてざらりと舌に残る、ほのかな苦み。

見た目からは分からないアクの強さとこの苦みは、隠されていた男の意地の味だった。

深夜のインスタントラーメン

　終電間近の電車に滑り込む。そんな繁忙期の夜は手抜き晩ごはんでも許される、と民子は思っている。

「……ただいまぁ」

　呟いて扉を開けると、部屋は重苦しい空気に包まれていた。朝に作った目玉焼きの香りが空気のどこかに残っている。

　朝食に食べた目玉焼きは、ちょうどいい半熟ぶりに仕上がった。外はカリリと焼けて、黄身の上部はとろけるよう。下はほどよい固さに焼き上がったそれをおかずに、朝の民子はご飯を二杯も掻き込んだのである。

（今朝のご飯。美味しかったなあ）

　などと考えながら、できるだけ静かに鍵を開けて、小声で上島に気持ちばかりのご挨拶。そして疲れ果てた顔をくしゃくしゃと撫でて、台所を覗き込んだ民子の顔に絶望が浮かぶ。

「しまった……何もない」

冷蔵庫を開ければ中は空っぽ。いつもならあるはずの保存食も、冷凍食材も、今はない。

この二週間。見事なまでの繁忙期だった。その間に、家にあった買い置きは民子の胃がすっかり平らげてしまったのである。

すっかり痩せ衰えた冷蔵庫を見て民子は絶望する。ないと分かると余計に胃がぎゅうぎゅう鳴る。朝御飯の目玉焼きを思い出したのだから、なおさらだ。

「コンビニに買い物……は、遅くなっちゃうし……」

民子は腕時計と玄関を交互に見る。時刻はすっかり、深夜零時《れい》を回っている。

しかし昼以降、食べ物を入れていない胃が、何か食べたいと我が侭を言う。

「せめて、買い置きの……えっと、なにか、インスタントでも」

仕方なく棚を漁れば、その勢いで割り箸が大量に転がり落ちた。その数は、軽く二十本を超えている。

「ああ……もう、こんなため込んじゃって……」

床に散らばる割り箸は、種類もさまざま。別に割り箸を集めるのが趣味なわけではない。ただ、いまだにコンビニで割り箸を二膳もらってしまうのが民子の癖である。使われず片づけられる一膳の割り箸は、こうして棚の中に粛々とたまっていく。

「捨てないと、だけど……その前に……あ」

舞い落ちた割り箸を輪ゴムで縛って棚に直す。その棚の奥に腕を差し入れてみれば、かさりと乾いたビニールの感触が指に伝わった……袋のインスタントラーメン、塩味だ。

「あった！」

あとは野菜とは言わない。せめて卵でもあれば、と冷蔵庫を睨み付けるも、彼もまた民子の被害者だった。お前が朝に食べたのだろうとでも言いたげに、ぶうぶうモーターを回す。

「……ほんとは、何も食べない方が、きっといいんだろうけど」

明日も仕事だ。このまま水でも飲んでぐっすり寝てしまえばいい。しかし、疲れは食事でしか回復できない。そう信じ込んでいる民子にとって、何も食べずに眠るのは戒律《かいりつ》を破ったような気持ちにすらなるのである。

「繁忙期は、深夜に食事しても許される……って、上島さんも言ってた」

たとえそれがインスタントであったとしても。上島の写真に言い訳をするように、民子はこそこそと小さな鍋に水を入れ、コンロのスイッチを押した。

暗い台所に、ぼう、と火がつく。

湯がふつふつ沸いたら、麺を投入。水が跳ねて火花が闇の中に散った。

（……花火みたいだ）

花火があがるような、本格的な夏はまだ遠いけれど。

民子はぼんやりと、火を眺めた。そういえば、帰宅して電気もつけていない。

しかし今日は満月。窓からは月と外灯が明るく差し込む。だからスーツ姿のまま、民子は火に見入る。

そういえば二年前の夏、上島と花火をしたことがある。それはお盆の頃。民子の住む地域は学生や独身の一人暮らしが多いので、夏休みになるとごっそりと人が減る。

静かな真夏の夜中、眠れない二人はなんとなくコンビニまで散策に出た。蒸し暑く、皮膚にべっとりと夏の残り香が張り付くような夜だった。虫の鳴く、りーりーという音がよく耳につく夜だった。

コンビニで半額になっていた花火を手に取ったのは上島だ。気がつくと彼はそれを民子の持つカゴにこっそり忍び込ませていた。

線香花火とカラフルな色の手持ち花火、たった十本の小さなセット。上島は子供のように喜んで、それを掴むと公園に駆け出した。

水飲み場のすぐ隣とはいえ、許可も取らずに花火なんてしてもいいのか。民子はおろおろと戸惑ったが、上島は構わずどんどん火をつける。

弾ける花火の炎は激しすぎるほどで民子は柄にもなく怯えた。そもそも、花火なんてもう十年以上経験がない。怯える民子に気づいた上島は、コンビニ袋の中にあった割り箸の先に輪ゴムで花火を固定する。

これなら怖くないでしょと、渡された花火はずいぶん長細く頼りない。おそるおそる火をつけたとたん、当然だが光をまき散らして花火が曲がり民子は悲鳴を上げた。でもその驚きのおかげで、花火への恐怖は消えた。

笑いながら謝る上島も、怒る民子も遠い夏の向こうに霞む。

ぱちぱち弾ける火花とけむく香る煙と、様々な色合いに染まる上島の顔が、夏の終わりの思い出となった。

（そういえば、上島さんと打ち上げ花火を見たことがなかったなあ……）

ぼんやりと、考えているうちに鼻先が妙に生ぬるくなっている。

「あ、いけないいけない」

気がつけば鍋の中は激しく沸き立って、中の麺がふっくら水分を吸い込んでいる。民子は慌てて火を止めてスープを溶かし込み、そしてふと動きを止める。

卵も野菜も胡麻も無い。でも、工夫すればいくらでも、晩ごはんは楽しくなるのである。

「これこれ」

冷蔵庫の奥に、バターが余っていた。それと、開封したばかりの黒挽き胡椒。

固いバターをスプーンですくってたっぷりとスープに落とすと、表面にいかにも美味しそうな油の膜が浮かぶ。その上に胡椒をはらりと落とす。

この食べ方は上島が思いついた。彼は確かに料理人ではなかったが、美味しい物を見つけ出すのは人一倍上手だった。

そっと湯気に顔を近づければ、塩にバターと胡椒の香り。なんと、おいしそうな一品だ。ぐう、とおなかが鳴った。

思わず綻ぶ顔を押さえ、鍋のまま机に運ぶ。いつもなら丼鉢にそそぐところだが、いまはその一手間さえ惜しかった。早く食べたい早く食べたいと、おなかが民子をせかすのだ。

「いただきまぁす」

一膳だけ持ってきた割り箸を音を立てて割り、民子は鍋を凝視した。

真っ暗な部屋の中、湯気だけが光っている。ふわふわと、いい香りが深夜の部屋に広がる。それを頼りに麺をすすると口の中に想像通りの味わいが広がった。

「美味しい……」

煮込みすぎて柔らかくなった麺にバターの膜がとろりと絡んで、口の中でやさしくとける。濃い塩味に、胡椒の刺激がぴたりとはまる。

まだ熱い鍋のフチをふうふうと吹いて、気をつけながらスープをすする。ひり、と熱く伝わる鉄の感触と尖った塩味が疲れた体に不思議と心地良かった。

何も具材が入っていないのに、スープの奥に滋養を感じる。インスタントラーメンはすごいな、と民子は思う。

そしてまた、柔らかく千切れた哀れな麺をすする。スープの底にしずんだ小さな固まりさえ逃すまいと、無心にたぐり寄せては飲み込むのである。

こんなラーメンを食べるときは、割り箸がお似合いだ。塗り箸とは異なる木の堅さがラーメンの柔らかさによくなじむ。

「やっぱり割り箸って、あると便利」

たぶん、割り箸の数はこれからも増え続けていくのだろう、と民子は思っている。

「……ラーメンも美味しく食べられるし、花火も怖くなくなるし」

割り箸は便利なものだ。民子は頷きながら汁をすする。体がどんどんと暖かくなっていく。

気付けば深夜一時近く。表を車が走り抜け、窓から光が一瞬差し込む。差し込んだ光は、棚の上の上島を照らした。

彼はやっぱり、楽しげに笑って民子を見つめている。

麺をつるりと吸い込んで、民子も照れたように、少しだけ笑った。

はじめての柏餅

実は生まれてこのかた、柏餅を食べたことがない。

そう言うと、まずたいていの人に驚かれる。

だから民子は、そのことをあまり言わないようにしている。


「食べたことない？　ほんとに？」

そんな意思があっさりと挫けたのは、折も折。五月五日の節句のこと。たまたま買い出しにでかけた、いつもの八百屋。世間話気分で口にすると、親父さんにちょっとびっくりするくらい大仰に驚かれた。

「待ってて。そこで待っててよ、民ちゃん」

そして彼は慌てたように店の奥に駆けだして、「母ちゃん」なんて叫ぶ。奥から顔を出したのは年輩の女性だ。彼女は皺だらけの顔を民子に向けて、にこりと笑った。

彼女と何か交わし合ったあと、彼はビニール袋を手に戻って来る。

親父さんの腕に、ぽつりと滴が落ちてきた。空は薄曇り、そろそろ雨が降り出しそう。

「食べてみなって、ここのなら大丈夫。美味しいから！　あいつと一緒に食べな。ほら、雨降ってきたから早く帰って、帰って」

押しつけられた袋の中には、緑の葉っぱに覆われた可愛らしい餅がころりと二つばかり入っていた。

「え。でも」

悪いし、という言葉は親父さんの大声に防がれる。

「あんこ、嫌いじゃないんでしょ。だいじょうぶ、絶対おいしいから」

だから民子は少しだけ、困ってしまう。

「ただいまあ」

両手に食材の詰まった袋を提げて、民子は玄関を開ける。そして上島にご挨拶。

部屋の空気は暖かく濁っている。窓を閉めるのとほぼ同時に、空から大粒の雨が降り出した。

せっかくの連休も雨続き。飽きるほど降って降ってそして夏が来るのだろう。

「上島さん、柏餅を貰っちゃったよ」

時刻はまだ一五時前。夕飯にはまだちょっと早い。そのくせ、ちょっとばかり小腹は空いている。

だから民子は思いきって、柏餅を食べてみることにした。

お湯を沸かしながら、袋から慎重に柏餅を二つ取り出す。皿に盛って、民子はそれをじっと見つめる。

(べつに、あんが嫌いってわけじゃないし、何が嫌ってわけじゃないんだけど)

真っ白い餅に、あんをくるんで、それをまるごと葉っぱで包んだ柏餅。見た目はとても可愛らしいいし、季節感のある食べ物は、民子だって大好きだ。

幼い頃、食べてみたいと両親に言ったこともある。

しかし彼らはそれを許さなかった。柏餅は男の子が食べるものだ、と叱られたので、柏餅はしばらく民子の実家での禁句となった。

しかし今から思えば、彼らはあんが苦手だったのだ。あんの入った和菓子を民子が口にしたのは、一人暮らしを始めてからだった。

和菓子をよく食べるようになったのは二年前からである。上島が和菓子を愛していたからだ。彼は甘い物なら全般、好んで食べた。その中でも、和菓子をとくに好んだ。

ごろごろ粒々の粒あんも、上品なこしあんも、とろりとした黄身あんも、すっと喉の奥で消えるような白あんも、上島は大好きだった。

しかし民子は、二年前のちょうど今頃、上島と一世一代の大喧嘩をした。どうでもいい、つまらないことだ。もう内容も思い出せない。

そのせいでゴールデンウイークの間、二人は口もきかなかった。

もし喧嘩をしなければ、その時に上島は柏餅を食べたがっただろう。そうすれば民子の柏餅デビューは二年早まったはずだ。

(子供の頃は親に反対されて、大人になって上島さんと喧嘩して、いつも柏餅と縁が無い)

民子は苦笑して、目の前の柏餅をつつく。

民子の人間関係の延長で柏餅が嫌われるのは、なんとも哀れなことである。

そして、それを食べたことのない民子もまた、なんとも哀れなことである。

沸いたお湯で温かいほうじ茶を入れて、それを机の上に丁寧に並べる。

ここに暖かい日差しでも差し込めばちょうどいいが、残念ながら今日は雨の祝日。

窓から見える隣家の鯉のぼりは雨を受けて萎《しぼ》んでいる。元々は水の生き物なのに、雨を受けて萎むのは不思議で面白かった。

「……いただきます」

覚悟を決めて民子は目の前の柏餅と対峙する。葉っぱがあるので、手が汚れないのは合理的だな、なんて考える。

葉っぱを少しめくって、鼻を近づけると青い香りがした。青いとしか言えない。たまらなく爽やかな初夏の香り。

えい。と勇気を出して白いもち肌に噛みつけば、思ったよりも固い。ぐっと噛みしめると、ぷちりと切れた。塩の味と餅の甘みと、そして何よりも先に、鼻に駆け上がってくる夏の香り。

中はこしあん。甘さは上品で、舌の上で滑らかな甘さがとろりと溶けた。

外は小雨で肌寒いほどなのに、一口食べれば夏を感じる。

「おもち、おいしい」

無心で食べて、気がつけば二つ目の柏餅に手が伸びた。もう一つは、ヨモギの餅だ。青い香りに拍車がかかった。

餅はこねられても、米の香りが残っている。のどの奥を通り抜けていく甘い米の香りを感じて、民子ははたと思い出した。

「あ……お米だ」

そうだ。米なのだ。二年前、上島とぶつかった史上最大の大喧嘩。その理由は、米である。買ったばかりの五キロもの米が、たった一週間で消えたのだ。

米を買ったのは、民子が一週間の出張に出る直前。ゴールデンウィーク前に仕事を終えて帰宅をすれば、開封さえしていなかった米袋が丸ごと消えていた。

執拗に探せば、ゴミ箱の隅っこに、綺麗に折り畳まれた米袋。こうなれば犯人は一人しかいない。

上島を問いつめても彼はしらばっくれるばかりで何も答えない。とはいえ、別に民子だって怒るつもりはなかったのだ。

五キロもの米をたった一週間でどうしたのか。それを聞きたかっただけなのに、彼は意固地になって何一つ語らない。結局、お互い意地を張って口も聞かない連休となった。

(話くらい、聞いてあげればよかったなあ)

思えば、あんなに丁寧に折り畳まれた米袋は、彼なりのばつの悪さの現れだろう。子供のような人だった、と民子は思い出す。

しかし、五キロもの米をどこへやったのか。民子は再び首を傾げる。

上島は大胆で大雑把な性格だった。前を見て歩かないので、よくあちこちにぶつかっては物を壊した。もしかすると米を炊こうと封を開けてうっかり中身を床にまき散らし、証拠隠滅をしたのかもしれない。それとも、何か美味しいおかずでも発見して無我夢中に食べきってしまったのか……。

消えた米はどこへいったのか、そのことはたぶん、民子のなかで一生のミステリーとして残り続けるのだ。

「ああ……おいしかった」

まだ熱いほうじ茶で、舌に残った青さと甘さを喉の奥へと滑り込ませる。

甘さも苦さも全てかき消えて、最後に残ったのはやはり青い香りだけだ。

本格的な夏がくるな、と民子は去っていく初夏を惜しむように思った。

ビールとチキンステーキ

（日が長くなったなあ……）

日差しを浴びた線路の上を、のんびりと電車が駆け抜けていく。電車が通り過ぎたあと、赤い夕陽が民子の顔を撫でた。

熱を帯びた香りが、民子の鼻をくすぐる。

（もう、夏の匂いがする……）

ビニール袋の隅にちらりと見えるのはビールの缶だ。それを見て民子は口元を綻ばせる。こんな日に、大人は美味しくお酒を飲むのだ。そう思っていた。

しかし実際になってみれば、飲める人も飲めない人もいることを知った。そして民子はどちらかといえば、飲めない大人になっていた。現実は多様だ。

夕暮れの温かい日差しを浴びて、冷たいビール缶は汗を浮かべている。その冷たい汗を指先で拭って、民子は駆け足気味に自宅へと急いだ。

会社の繁忙期が終わったのは、ちょうど今日。たっぷり一ヶ月にわたる繁忙期だった。

がんばりを称えるつもりなのか、上司が「お土産に」と民子に差し出したのはビール。キンキンに冷えたそれは、会社の冷蔵庫の中で忘れ去られ、ひっそり眠っていたものである。ねぎらいと称した在庫処分なのだろう。

あまり飲めないのでと断る言葉は上司に届かず、結局民子はビールを持ち帰ることとなる。上司とは例のジャガイモの彼である。人の話を聞かないことには定評があった。

飲まないのであれば誰かにあげればいいのだ。本物のビールだから、きっとみんな喜ぶに違いない。しかし冷たい缶を眺めるうちに、民子はふと思い出した。

上島が居た頃、彼はほんとうに時々ビールを飲んだ。

そんな時、民子も少しだけ晩酌に付き合ったものだ。ビールの泡を舐める程度の、まるで子供のようなお付き合いだったが。

あの、柔らかく苦い味わいを、もう一度味わいたくなった。

「ただいま」

陽の高いうちに帰宅が許されたのは久々のことだ。窓からの光を浴びる上島に挨拶をすませると、民子はいそいそと台所へ向かった。

ビニール袋の底を漁り、取り出したのは鶏のもも肉。地鶏と書かれた金のシールが眩しく輝く。普段なら手を出さない、少しだけ良いお肉。

「贅沢しちゃった」

民子は鶏肉が一番好きだ。牛も豚もけして嫌いではないのだが、鶏肉の優しい旨味が何ともいえず好きだった。

しかし、その意見は民子の実家においては異端である。父も母も、祖母さえも揃って牛肉を愛した。

それも血が滴る肉だ。表面だけをサッと焼き上げたステーキだ。噛みしめると、ぐにゃりと音を立てる、そんな肉だ。

親の作るステーキを食べるたび、民子は自分がライオンになる夢を見た。

そして、優しくも甘い鶏肉を思う存分食べたいと、常に思いながら大人になった。

「……さて」

民子はフライパンを火に掛けて、鶏肉の身にぶすぶすとフォークを突き刺す。こうすることで、身が縮まないのだと何かの本で読んだ。それが本当かどうかは分からないが、まるで儀式のように民子は幾度も丁寧に突き刺した。

鶏の身は冷たいのに、しっとりと柔らかい。命のなれの果て。この柔らかさはおいしさのあかしだ。

だから無駄なことはしない。塩と胡椒をもみ込むだけ。下準備はそれだけでいい。

ただ、フライパンから薄い煙が上がるまで我慢する。少し恐くなるまで我慢して、そして一呼吸。そうっと、民子は鶏肉を皮の部分を下にして熱いフライパンに横たえた。じゅ、と音を立てて少しだけ皮が縮む。脂が溶けて煙になって、獣の香りがする。油は必要ない。必要な油は、鶏肉自身がもっている。

黄色みを帯びた脂が皮から溢れ、縦横無尽に暴れ始める。それは周囲に飛び散り、民子の腕をチリチリ焼いた。

「あつ、あつ」

油の攻勢にも負けず慎重にひっくり返し、民子は会心の笑みを浮かべる。ひっくり返した皮は黄金色に輝き、しっかり焼き上がっているではないか。

民子の父は、食事に鶏肉を出すと不機嫌になった。「鶏肉なんて食べた気がしない」と口を尖らせて、自分用に巨大な牛肉を焼いた。焼き上がってみれば、牛は赤く鶏は白い。赤い身と白い身のどちらも肉であることが、幼い民子にとっては不思議であった。

（……赤いステーキなんて、もう何年も食べてないなあ……）

家族とは、色々なことがある。嬉しいことも、悲しいことも、腹の立つことも。しかし不思議と、食べ物を通して思い出す家族の姿はどれも穏やかな色をもっていた。

「よしよし、良い感じ」

表面をフォークで叩けばかちかちと音がするほどに、カリカリに焼き上がった。塩と胡椒が脂に閉じ込められて、皮と一体になっている。

大急ぎで皿に移すと、冷蔵庫にしまっておいたビールとグラスを二つ、取り出す。

ここから先は一秒を争う。行儀は悪いが足で扉を開けて、テーブルの上にチキンステーキとビールとグラス。そして。

「上島さんも」

上島の写真を、そうっと両手で支えて机に載せる。彼の前に、大きなグラスを置いて、ビールを注いだ。自分の前には、小さなグラス。

ゆっくり注ぐと、金色の泡がグラスの底からぷつぷつと湧き上がる。黄金の泡の向こうに上島の笑顔が透けて見える。

小さなグラスを手に取って、大きなグラスにぶつける。かちん、と乾いた音がした。

「いただきます」

真っ白な皿にはチキンステーキ。ただそれだけ。野菜でも一緒に焼けばよかったかな。と、今更思う。しかし、チキンステーキはできたてを食べなくては美味しさが半減する。

「……」

慎重にナイフをチキンに沈めると、かり、と皮が音を立てた。ナイフを進めると、中の柔らかい肉はするりと刃が通る。黄色い肉汁が、とろみを帯びて皿の上に溢れ出した。

一口サイズに切った肉を一口。ぱりりと焼けた皮の風味に、ぷりぷりの柔らかな肉の風味、肉の持つねっとりとした脂が口の中に広がってとろりと蕩《とろ》ける。

バターに似た濃厚な油だ。しかしバターほど執拗さがない。しかし、咀嚼するたびに、固い皮と柔らかい肉の間から油が溢れる。実際の話、牛肉より鶏肉の方が濃厚だ。

空を飛び、大地を駆けるから鶏肉は美味しいんだよと、いつか民子は上島に主張したことがある。

でも鶏は飛ばないよ、と上島はすぐさま笑った。しかし、しばらくして彼は鶏について調べたのだろう。どっさりと本のコピーを見せて民子に謝罪した。

野生の鶏は飛ぶのである。もちろん雀ほどは飛ばないが、鶏はけして空を知らない鳥ではない。空と大地を知っているから、味に旨味が出るのだ。そう彼は民子に同調して、その日の夕飯はチキンステーキとなった。溢れる黄金の脂を噛み締めながら、上島は何十分も鶏の知識を披露してくれた。そのおかげで、民子は鶏についてだけ妙に詳しくなった。

その声と会話を何故か民子は時折思い出す。

上島は、いろいろなことを知っていた。民子は知らないことの方が多かった。しかし、上島の知らないことも知っていた。

二人でいれば、どんな知識だって埋めることができたのだ。

「……あつっ」

火傷しそうに熱い口の中にビールを流し込めば、驚くほどさっぱりと脂が落ちる。

「……おお……」

ビールの旨さとは、こういうことか、と慣れない味に目を白黒させて民子は納得する。アルコールが喉をきゅっと焼く。胃が熱くなり、小麦の香りと肉の香りが一緒になった。なるほどこれは美味しいものだ。

「上島さんは馬肉が好きだったんだよねぇ」

花の桜が好きだから、桜肉と呼ばれる馬肉が好きなのだ……彼は、嘘か本当か分からないことをよく言っていた。上島の存在自体が嘘か本当か分からないものであるが。

しかしそれでも鶏肉を食べるたびに大量のコピーを取ってきた上島を思い出すし、牛肉を食べれば父母を思い出す。それが食べ物の繋ぐ思い出だ。

「……よし。次はワサビとポン酢」

民子はチキンステーキを真剣に見つめたあと、やがて楽しげに立ち上がる。

かりかりの皮にワサビを塗りつけて、あっさりポン酢で食べればきっと美味しいに違いない。または、少しだけお醤油を垂らしてもいいし、マスタードも合うはずだ。

さまざまな調味料を机の上にきちんと並べて、民子はにやりと笑う。

ビールもチキンもたっぷり残り、晩ごはんはまだまだ続く。

久々に上島と真向かいに座り合った民子は、今宵は少し酔っ払ってみよう、と思った。

二人のお好み焼き

土曜日の夕暮れは、平日よりも静かに訪れる。そんな気がする。

温い日差しを背に受けながら、民子はいつもより明るく、そしていつもより元気よく扉を開けた。

「ただいまっ」

いつもならすぐに閉める扉を、今日はちょっとだけ開けておく。そして、そわそわと、振り返る。

「……あたし、民子の家に来るの、久しぶりじゃない？」

後ろに続く静香が見事な巻き髪をかきあげて、玄関に堂々と立った。

高いヒールを器用に脱ぐ姿を、民子は惚れ惚れと見つめた。

静香ほど見事に女として生きる人を民子は知らない。

「ただいま、上島さん。今日は静香が一緒なんだよ」

棚に駆け寄り、笑顔の上島に話しかける。

上島は静香が苦手であった。静香の言葉は刺さるのだ、と困ったように言って逃げ回っていた。

いまもまた、さぞ、困惑しているだろうと思うと民子は楽しくて仕方ない。

「今日はね、うちで一緒にごはん食べるんだよ」

「挨拶してるんだ」

ひょい、と後ろから静香が顔を出す。こってりとした睫毛を上下させて、彼女は上島の写真を睨む。

「久しぶりじゃん、上島。なにこれ馬鹿笑い写真。もっと良い写真なかったの？」

「すっごく上島さん、って感じしない？」

「すっごく、あいつっぽい」

ふん、と鼻を鳴らして静香は背を向ける。そして机に置いたビニール袋を漁り始めた。

「食事の用意しよ。もーおなか空いちゃった」

夕陽の差し込む台所で、静香は腕を捲る。ネイルで完璧な指先も、タイトなスカートも、どれをとっても料理のできる女には見えない。しかし静香は料理がうまい。

「台所借りるわよ。ほんと民子の台所ってシンプル。塩と胡椒と砂糖しかないなんて」

「私も静香くらい料理上手ならなあって、思うよ」

民子は静香の後ろに回り込み、彼女の手元を見る。

「あ。でも私、お肉を焼くのとラーメン作るのは得意だよ。それとパン作るのも得意。でもそれくらい」

「あとジャガイモ料理ね」

「ジャガイモ料理はね。覚えたの、ここ数年だよ。じゃなきゃ、ジャガイモで埋まっちゃうから、この家」

静香と顔を見合わせ、民子は笑う。誰かがこの家に来るのは久々だった。人が居るだけで家の中がぱっと華やぐ。当然だが、このにぎやかさは久しぶりのことだった。

「ま。あたしだって、得意なのはお好み焼きくらいだけど。学生時代はお好み焼き屋で働いてたからね。お好み焼きだけは上手いの」

静香は器用にキャベツを千切りにしていく。トントンと、包丁とまな板が触れ合う音、キャベツが水分ごと切れる音、ボウルに解き入れた粉とキャベツが混ざる音。

食べ物は口で味わうだけじゃない。耳に届く音でも味わえる。そして、自分以外の人間が台所で料理の音を立てている。それも不思議で、幸せだと民子は思う。

「いい音」

「子供の頃、居間なんかで寝ちゃうとさあ」

「うん」

静香の長い指がボウルの中を馴らしていく。民子だとちょうどいい台所の机も、背の高い彼女からすれば低いようだ。少し前屈みに調理する姿を民子はぼんやりと見つめる。

それは、かつての母を見ているようだった。

「台所から料理する音が聞こえてきて、それって今から思うとなんか幸せって感じよね」

調理を続ける静香の背には、ふわふわ柔らかい巻き髪が左右に揺れている。

「分かる」

思い出すのは、まだ幼い時代。昼寝のつもりのうたた寝で、目覚めるとあたりは薄暗い。電気も灯らない部屋の中、不安になるのは一瞬のこと。扉一枚隔てた台所から、包丁の音と鍋が湯気を上げる音。暖かい空気を感じて、ほうっと安堵する。

そして、今日のご飯はなんだろう……と、その香りから想像するのだ。そのざらりとした薄暗さと、美味しい香りと一瞬の孤独の味は、大人になっても時折思い出す。

「偉そうに言っておいて、あたしが作るのなんてこんな簡単なものだけどさ」

静香は赤い唇でにっと笑って、ボウルの中を民子に見せつける。

「こんな風に市販の粉混ぜて焼くだけ」

「なんでお好み焼き屋さんやめたの？」

「一回だけの約束で遊んであげた店長が、あたしに夢中になったから……はい、できた。民子。早くホットプレート用意して」

普段は一人で食事をとるテーブルに、ホットプレートが設置される。手を差し伸べて暖かくなるまでじっと耐え、油を引く。

そこに薄い豚肉を丁寧に敷くと、ふつ、とフチから油が浮いてやがて威勢良く弾ける。

そこに静香は生地を慎重に乗せた。

「一気に焼くとさ、冷えちゃうし固くなってやじゃない？　だからあたしは、小さいのをたくさん焼くの」

彼女の作ったお好み焼きは、直径十センチ程度の小さなものだ。スプーンで丁寧に成型して、そして耐える。

お好み焼きは、耐える食べ物だ。焼き上がっていく様子をじっと見つめながら、ただ耐える。そしてひっくり返すと、豚肉の油を纏った焦げ色が民子の胃を鳴らした。

「小さいとひっくり返しやすいでしょ？」

「うまい！」

急遽二人で晩ごはんを、と決まったのは、ほんの一時間前のことである。

ばったり出会いお茶をした。今日の予定が何も無いという女二人は顔を見合わせ、じゃあ一緒にご飯でも、となる。

どこかへ食べに出ても良かったが、静香が突然「お好み焼きを作ってあげる」などと言いだしたのだ。

予定もしていなかったが、その言葉を聞くだけで民子の口の中にソースの香りが広がった。甘いキャベツをたっぷり使ったふわふわのお好み焼き。想像だけでたまらなくなった。

そこで二人してスーパーに駆け込んで、女二人のお好み焼きパーティとなったのである。

「ソースも美味しいし、お醤油もいいよね。ポン酢に七味を振るのも好きだなぁ私」

「小さいのいっぱい焼くからさ、民子の好きな味付けで食べるといいよ。ポン酢も美味しいし、ケチャップも案外いける」

まずはソースね。鉄板だから。静香は厳かに言って、ソースの蓋を開ける。

今日の彼女は見事な緑のネイルである。飾り付けられた指が、庶民的なソースの蓋を開けるのが面白い。

しかし今日の彼女はあくまでも料理人に徹している。

焼き上がった小さなお好み焼きに素早くソースを掛ける。生地から垂れたソースが鉄板に触れて、じゅ、と音を立てる。

やがてそれは、ふつふつ沸き立ちながら楽しげに音を立てる。甘酸っぱい香りが部屋中に広がった。

「色んな味付けで食べるなら、本当はお皿に移してから味付けしたほうがいいんだけど」

「焼けたソースじゃないと……」

「でしょ」

絞り出されたソースはあくまでも、ただのソースだ。しかし、それが焼けるとまた別の食べ物になる。

「あ。静香、はいこれ」

お好み焼きは、火が通りすぎる前に食べなければならない。時間との勝負だ。慌てて民子が差し出したのは、ナイフとフォーク。それを見て、静香が細い眉をきゅっと寄せた。

「お好み焼き、それで食べるの？」

「……あ」

皿の上にきちんと並んだそれを見て、民子は動きを止める。これは、上島の癖だった。あれほど豪快に食べる男だというのに、お好み焼きだけはこれがないと食べられない。やはり、猫舌だったのだ。だからお好み焼きはナイフで小さく、小さく切って食べる。そんな彼のために、民子はいつだって、ナイフとフォークを差し出した。

「あたしはスプーンで食べる。コテに一番似てるじゃない？」

言わなくても静香には察するものがあったのだろう。彼女は台所の引き出しをあけて、小さなスプーンを二つ取り出す。

「民子もスプーンね。食べやすいわよ」

人と食事をするというのは思い出の上書きだ。民子はそんなことを思って、妙におかしくなる。

「私はお箸で食べてた、ずっと。二年前までは」

「じゃ今日はあたしに合わせて」

ソースが軽く焦げるまで待って、二人は同時にスプーンを手に取った。

「あつっあつっ」

コテがあれば本当は良いんだけど、と不満げな静香であったが、スプーンですくった生地を口に入れて嬉しそうに笑う。

「あつっ」

民子もつられて大きな口でひとくち。甘い。キャベツが甘いのか、それともソースか。柔らかい生地の中から、ふわりとキャベツが顔を出す。ソースの焦げた香りと、キャベツが一体となった。口の中が火傷しそうなのに、口いっぱい頬張ってしまう。あついあついと騒ぐ二人は顔を合わせて笑った。

「お酒のもうっと」

静香はお好み焼きを口に放り込んだあと、鞄の奥底からワインを取り出した。赤い、ネットリとした液体が瓶の中で揺れている。

「どうせ民子んちにはオープナーないだろうから、買って来た。グラスは借りるわよ」

彼女は器用にそれを開けるとコップに注いだ。ワイングラスはないので、ずんぐりむっくりなコップではあるが。

ワインは不思議だ。飲めないけれど、香りは分かる。コップに注ぐと、まるで木のような香りがする。元はぶどうなのに、と民子はいつも不思議に思う。

見つめる民子に気付いたのか、静香はもう一本別の瓶を取り出した。

「民子は飲めないでしょ。だから、これ」

「ぶどうジュース？」

「ワイナリーで作ってるやつ。それがワインになるの。さっきのスーパーに置いてあったから買っちゃった」

お洒落な瓶の中に、赤黒い液体が揺れている。濃厚そうな、ずしりと重いその色合い。どう見てもワインにしか見えない。これがワインになるのか、と民子はまじまじ見つめる。

「渡しておいてなんだけど、食後に飲みなさいよね。ジュースとお好み焼きなんて悪趣味」

そう言いながらワインを飲み干す静香を見て、民子はつい吹きだした。ワインとお好み焼きも、合うようには思えない。

「いいの。お酒と高カロリーは合うんだから」

静香は飲みながらも器用にお好み焼をさらった。ソースの味が染み込んだ鉄板を軽く洗って、それから第二弾。次は醤油にマヨネーズだ。

ソースより、焦げた醤油の香りはますます胃を刺激する。そこにぽてりとマヨネーズを乗せれば、不思議と味に丸みが生まれる。

「ん。美味しい。あたしはやっぱり醤油マヨネーズかな。ワインには合わないけどね」

お好み焼きを前にワインを飲み干す静香は、さまになっていた。彼女は口紅の付いたコップを指先で拭いながら、民子を見る。

「ワインっていうから、何か合わない感じするけどさ。ブドー酒って言うと、なんかよくない？」

「分かる。ブドー酒を飲んでみたいねって小学校の時、静香ずっと言ってたもんね。あとは、バターをバタ、って言ったり。なんでだろ、言い方を変えるだけで一気に美味しそうで」

「バタで作ったオムレツに、カップ一杯のブドー酒……図書室で読んだわね、そんな本」

静香が歌うように言う。民子の鼻先に、懐かしい香りが届いた気がする。

それは夏休み前の図書室だ。小学生の民子と静香がそこにいる。掃除当番を放棄して、蒸し暑い図書室で読みふけったのは海外の児童文庫。

草原の上を吹く風も、木の机の上に置かれたブドー酒も、薪のオーブンで焼かれた丸いパンも、厚いフライパンで作られるバタいっぱいのオムレツも、小学生の二人にすれば未知の物で、なんて素晴らしいんだろうと言い合った。

大人になればきっと、こんな美味しいものが食べられると、励まし合った。

「今から思うと夏休みっていいねえ。この年になると、あんなに長い休みなんてないもん」

「……ねえ民子。あたしさ、前にさ、吹っ切れ、なんて言ったでしょ」

ふ、と静香の口調が変わる。まるで泣きそうな声だ。驚いて顔を上げるが、静香の顔はいつもと変わらない、凛とした表情である。

彼女はワインを手に持ったまま、真っ直ぐに民子を見ていた。

「うん？」

「言いたかったのはね、本心から吹っ切ってほしいってこと。吹っ切ったふりをするくらいなら、泣いて泣いて我が侭言って、あたしのこと呼びつけるくらいのほうがいいの」

以前、静香に会ったとき、彼女は民子に「上島のことを吹っ切れ」とそう言ったのである。民子は何とも言えずに、曖昧な笑顔でごまかした。

吹っ切れたつもりでも、本当に吹っ切ったわけでもない。上島の存在は、いつまでも塞がらない切り傷のようだ。ちくちくと、民子の心を刺激して忘れることができない。

ただ、上島との思い出に浸って、一人の家で過ごすのも悪くはない。最近は、そう思っている。

「……静香、焦げちゃうよ」

「ごまかさないで」

気付けば外はもう暗い。どこかで犬が吠えている。どちらも電気をつけよう、とは言わない。ただホットプレートを挟んで向かいあったまま、見つめ合う。

「民子。あんたのお母さんが亡くなった時さ」

暗闇の中、静香の声は低く響いてそれは民子の思い出を刺激した。

思い出は線香の香りとともに顔を出す。

薄暗い初夏の夜。線香の香り、遠くで泣き続ける犬の声、クラクションの音、通りを行くサラリーマンの鼻歌の声。

「あのときも、あんたの吹っ切れ方が早かったでしょ」

それは、民子の母が亡くなった葬式の夜。

大学の終わりの頃だった。その前に父を、祖母を立て続けに亡くした民子にとって、母は最後の家族だった。

しかし、母も驚くほどあっさりと民子を見限って亡くなった。

生きるということにあまり執着しない人達なのだ。美味しい物を山のように食べて、民子に食べ物についてのうんちくだけをたっぷり与え、そして彼らはこの世を去った。

今でも家族について思い出すのは、団らんの風景ではなく食べ物にまつわることばかり。

「……私、あのとき、お弁当食べてて、そこに静香がきたんだよね」

訪問客の少ない葬式の夜。民子は片隅で黙々と仕出し弁当を食べていた。こんな時でもおなかが空くのは不思議であった。

冷たい弁当に入った冷たい野菜の煮物はひどくしょっぱかった。泣いたあとに食べるから、塩気のある食べ物が入っているんだろうか、などと馬鹿なことも考えた。

そして何より、意外に美味しいものだな、などとそんな事を思っていた。そんな民子の隣に座ったのは、静香である。

完璧な喪服姿に完璧な髪型。しかしその完璧なメイクは涙でぐしゃぐしゃに崩れていた。

「あのとき、静香と話をするのなんて、ほんと、数年ぶりで。なのに、来てくれて、びっくりして」

駆け込んできた静香を見て、悲しみを民子は一瞬だけ忘れた。今でこそ親友然としているが、二人の間にもいろいろな過去がある。

小学生の頃は親友だった。中学生の半ばまではまるで姉妹のようだった。しかし高校にあがるころ、二人の間には溝が生まれた。

「あのころのことはつっこまないで。本当、バカだったんだから、あたし」

珍しく酔ったように、静香が顔を伏せる。

「ほんとうに、バカだったんだから」

地味な民子と派手な静香。そもそも性格も見た目も異なる二人は、成長とともに少しずつ離れていった。離れたのは静香のせいでも民子のせいでもない。

そんな微妙な距離を置き始めて数年経つというのに、彼女は葬式の場に現れた。

「すごいなあって思ったんだよ。やっぱり静香は静香だった、本当に完璧な化粧で、完璧な髪型で、ああ。本当に静香だ。変わってなくてよかったって、そう思ったんだ」

民子はジュースのふたを開けて、鼻を近づける。コップに少しだけ注いで口に含むと、甘い香りが喉の奥にまで広がった。

その甘さを感じたままお好み焼きを一口食べる。確かに合わないが、子供の頃のパーティを思い出す味となった。

「そうよ。民子、あのときも泣いてなかった」

母の死は突然すぎた。全てが突然だ。だから民子の気持ちだけ、いつも置いていかれる。

「……だから、あたしが泣いちゃったじゃない」

化粧が崩れるのもかまわず、子供のように泣く静香を見て、思わず民子も泣いた。弁当を放り出して抱きしめ合って泣いた。泣いて良いのだ、不思議とそう思えた。

あの時も、静香と暗闇の中で向かいあったのである。

「だからさ、ああもう。何言いたいか忘れちゃった……そうそう、無理するなって言いたいの。ほら、あたしってこんな性格で、友達も少ないじゃない？」

まだ熱いプレートに、第三弾の生地を流し込みながら静香は続ける。

「生涯添い遂げられる友人の数って知ってる？　びっくりするくらい少ないの」

生地が、じゅ、と音をたてる。二人の間にあるものは、会話とそして食べ物の焼ける香りだけだ。

「だからあんたを大事にしたいのよ、民子」

「ありがと」

民子と静香の付き合いはもう、長い。母の葬式以降は、絶えずつきあいが続いている。せっかちでお洒落で遊び人の静香と、鈍くさく地味な民子の組み合わせはいかにもちぐはぐだったけれど、不思議と気が合った。

「もし、二人ともこのまま結婚もしないまま、ずっとずっとお婆ちゃんになったらさ」

静香が笑う。彼女の指がプレートごしに伸ばされて民子の頭を乱雑に撫でた。

「どっちもずっとずっと一人だったら、一緒に家族になろっか、民子」

「いいね」

民子も笑って、ぶどうジュースに鼻を近づける。甘い香りが鼻をくすぐる。

食べ物が熟するとこんなに甘い。人の関係も、熟すると甘くなるのだ。それは人生を幸せにする甘さだろう。たとえ叶わない夢や、優しい嘘だとしても。

「いいね……すごくいい」

静香の言葉を聞きながら、絶対の約束ができない自分を冷たい女だと民子は思った。

ずっと一緒に居るはずの家族は死んで、上島も去った。それは思った以上に、民子に深い闇を落としている。絶対などないのだと、見えない影がじわじわと首を絞める。それでも、甘美な甘さを求めてしまう。

詰まった喉に、ぶどうジュースを流し込むと甘みが広がった。

「……美味しいね、ぶどうジュース」

その浅ましさは、空腹に似ている。浅ましいほどにどん欲に求めるくせに、むなしさもなにもかもおなかの底におさめたら満足してしまう。

「でしょ。そんな甘いぶどうが、手を加えるとワインになるのよ」

「不思議」

「ずっと甘いばかりじゃないし、ずっと渋いばかりじゃないってこと」

コップに残っていたワインを飲み干して、静香はまたいつものような軽口を叩きながらお好み焼きをひょいと返した。

「……さ、次は民子のお待ちかね、ポン酢と七味ね」

ふかふかと焼き上がっていく焦げ味のお好み焼きに、ポン酢。そして上からピリ辛七味。

「七味はね、たくさんが美味しいよ」

ぱちりと弾けたポン酢の香りが、二人の間をゆっくりと流れていった。

お風呂上がりの彩りラムネ

どこか遠くから、りん、りん、りん、と、音が聞こえる。それは、ふわふわと揺れるような音である。執拗に呼び出すその音を、民子は知っている。電話の音だ。

りん、りん、りん。無機質なその音を、民子は覚えている。

早く出なければ、と民子はもがいた。重苦しい空気が民子の体を押さえつけている。それは眠気、という空気である。

「……上島さん？」

重圧に打ち勝って、這うように電話の元へ進む。受話器を取った瞬間、民子の口から漏れたのはそんな一言だった。

寝ぼけた口から自然に漏れたその言葉に、驚いたのは民子自身。しかし電話から聞こえてきたのは、なにやら聞き覚えのない社名を告げる機械音。しばらくその音に耳を澄ませたあと、民子はそっと受話器を置いた。

一人暮らしなのに固定電話を置くなんて、勧誘電話のいいカモだ……と口を酸っぱくして言っていたのは静香だ。

　今の時代、固定電話しか持たないことを言えば会社でも驚かれた。しかし民子はこの電話を捨てることも、番号を破棄することもできずにいる。

　それに、最近の勧誘電話は電子アナウンスばかりで、しつこい勧誘は減ってきた。今のように、ちょうどいい目覚まし代わりにもなってくれる。

「よく、寝ちゃったな」

　まだ眠気の残る顔を上げれば、窓の向こうは大雨だ。そろそろ、梅雨の足音が聞こえる頃である。休日の掃除を終えて力つきた民子は、そのまま床に落ちるように眠っていた。

「蒸し暑い……」

　頬と額には、うっすらと汗が浮かんでいる。粘つくような汗である。

「開けても暑い……」

　窓を開ければ、むっとした風とともに雨の滴が顔を打つ。

　たしか、二年前のあの日も、こんな夕暮れだった。

（だから、思い出したんだ）

　二年前の雨の夜。民子の家の電話が鳴ったのは、春にしては蒸し暑い夕暮れのときのことだった。

　うたた寝をしていた民子は電話の音で起こされた。慌てて出れば、向こうから聞こえたのは、上島の声である。

（静香は上島さんのこと悪く言うけど、でも）

民子は顔を拭い背伸びする。妙な姿勢で寝ていたせいで、背中がぼきぼきと音をたてた。

「電話番号、教えて二週間もかけてこなかったんだから、じゅうぶん良い人だと思うけど上島さん」

写真の置かれた棚に顎をのせ、民子は彼の顔を見た。

静香と上島と三人で過ごした奇妙な花見のあと。電話番号を渡して二週間後、彼から初めての電話が入った。

おなかが空いて倒れそう、と電話の向こうの彼は本当に倒れそうな声でそう言った。

ちょうど嫌なことの重なっていた民子は、その声を聞いて迷うことなく自宅の場所を伝えたのだ。

伝えたあとに民子の中に広がったのは、少しの後悔と胸の高鳴りだ。民子の動悸《どうき》が収まる前に民子の家のチャイムが鳴った。

「雨にすっごく濡れて、捨てられた犬みたいな目で」

写真の中の上島は、つやつやと元気そうだ。しかし、この家に来たばかりの上島は少しやつれてびしょ濡れで、それはもう見ていられないほどだった。

そのくせ、悪びれもなく彼は笑って民子を見た。

彼に風呂を使わせている間、民子の中には葛藤があった。静香に怒られるかもしれないこと、もし本当に危ない男であればどうするのか、という葛藤。軽率な自分に対する罵倒《ばとう》と、後悔と、苦《にが》み。

こんな冒険をしたのは、生まれて初めてのこと。

彼に素性を聞いて、怪しければ追い出そう。そう決意した民子の前に、風呂上がりの上島が現れた。

そして、彼は――。

「あ。炭酸……ラムネ、のみたい」

そこまで思い出した民子の口の中にふと、ラムネの甘い香りが広がり唾《つば》を飲み込む。さわやかで甘い、ずっしりと重い硝子《がらす》の感触、ころころと中で転がるビー玉の色。味も雰囲気も、雨の日によく似合う。急いで冷蔵庫をのぞくが、そこにはラムネはない。

「そうだ。あのとき、上島さんが、ラムネ、分けてくれたんだった」

風呂上がりの上島は、鞄からラムネの瓶を出したのである。

なけなしの金で唯一買ったものだという。おなかが空いているのならパンでも買えばいいものを、小さな駄菓子屋の冷蔵庫で冷やされていたラムネの魅力にはかなわなかった、と彼は言った。

しかし外の気温はどろどろと暑く、せっかくの上島のラムネは温くなっていた。

「氷もなし……か……よしっ」

冷凍庫にも、氷の姿はない。それをみて、民子は寝ぼけた顔を軽く叩く。そして薄い上着を羽織ると、そのままの勢いで玄関から飛び出していく。

……むわっと圧力のある空気が民子の顔を包み込む。

(暑くなる前には氷を買っておこうって、いつも思うのに忘れちゃう)

当時もそうだった。そもそも民子には氷を買う習性がない。

そのかわり、二年前の冷凍庫にあったのは色とりどりの棒アイスだ。イチゴにメロンにみかんにブドウ。そんなアイスをざくざく刻んで、上島のためにコップに詰め込んだ。上からラムネをかければ、しゅわっとはじけて様々な色と香りが散った。

とんでもない甘さの中に、いろんなフルーツの味。そして、はじける泡が心地いい。

それを見て、上島は声を上げて喜んだ。そしてもう一つ同じものをこしらえると、量が多い方を敢えて選んで民子に差し出したのである。

彼の全財産ともいえるラムネを、一瞬の迷いもなく民子に差し出した。

きっと、あの瞬間に民子は上島のことを好きになった。

驚くほどバカみたいだが、結局、人を好きになる瞬間なんてそんな些細なことから始まるのである。

「ただいまっ」

部屋に駆け戻ると、また民子の額に汗が浮かんだ。それを腕で拭って手にした袋をのぞき込む。コンビニの袋の中には、彩りアイスとラムネのペットボトル。ペットボトルのラムネは、瓶と違って少し軽薄だ。

「最近はガラスのラムネってほとんど売ってないのに、どこで買ってきたの上島さん。ほんと、駄菓子屋さんを見つけるのは子供よりずっと得意だったよね」

アイスを冷凍庫に片づけながら、民子は写真を振り返る。

「そういえば、最後まで年齢を教えてくれなかったね、上島さん」

上島がこの家に来た時、民子だって上島を問いつめる気はあったのだ。どんな名前で、どんな人物で、どこで生まれて、どこで育って、そして何をしているのか。素性を問いつめようと思っていたのだ。

なのに、最初に聞いたのは年齢だった。彼は幼くも見えるし、妙に老成しても見えた。さんざん迷って聞いたのがそんなことだったので、上島はひどく驚いて、そして大笑いした。最初にそれを聞くなんて、と、彼は文字通り腹をかかえて笑ったのだ。

そして笑ったままごまかして、結局、彼は年齢を民子には教えなかった。

年齢だけじゃない。名前も素性も言わなかった。謎の多い男の方が、惹かれるだろう？

なんて、バカなことを言っていた。

「ねえ、上島さん。ほんとうは、いくつなの？」

たしかに謎の多い男である。民子は彼のことを何一つ知らないのに、彼の好きな食べ物や、好きな味だけは知っている。そんな奇妙な関係であった。

「先にお風呂入ってくるね」

民子は上島の前に、ラムネのペットボトルを目隠しのように置く。青い液体の向こうにゆらゆら揺れる上島に手を振って、風呂へと急いだ。

外はまだまだ雨。湿度はいまや息苦しいほどだ。この汗を全て流して、風呂からあがればアイスの入ったラムネを飲むのだ。

熱を持った身体に、喉に、冷たい炭酸が広がる。想像しただけで、喉が渇く。

うっとうしい空気をはらう、色とりどりのアイスからわき上がる泡。そしてその向こうに見えた上島の顔。その思い出はもう、二年も前の話。

しかし思い出せば口の中に、甘い香りがはじけた。そんな気がした。

和山椒、麻婆豆腐《まーぼーどうふ》

梅雨の中休み。曇り空から最後の一滴が絞り落ちた時、民子の家のドアが三度揺れた。

「たーみこ」

突然ドアの向こうから聞こえた声に、民子のうたた寝は一瞬で吹き飛ぶ。ついで、手に持っていた文庫本が滑り落ちて民子の額を強打した。

少し早めに風呂を終えた民子は、読みかけの本と共に布団に潜り込んだところだった。うとうとと心地のいい睡眠に引きずり込まれた瞬間、その声は響いた。

「たーみこ！　いるんでしょ？」

「静香？」

民子が驚くのも無理はない。寝間着の上にカーディガンだけを引っかけて慌てて扉を開ければそこには静香が立っていた。

静香の家はここから電車で一時間ほど向こう。もう、電車も終電を迎えるこんな時間に、静香が民子の家を訪ねてくるなどこれまで一度も無かった。

「やだ、寝てた？」

静香は赤い唇から酒臭い息を吐き出して、民子の頭をくしゃくしゃにかき回す。

「ちょっと寝るの早くない？　今日週末よ？」

「まって、まって、静香。酔ってるの？」

「上司と飲んでてさ」

静香は遠慮無く民子の部屋に上がり込むと、ハイヒールを脱ぎ捨てた。薄暗い玄関に、真っ赤なエナメルのハイヒールが不思議と綺麗に転がっていく。

静香はずかずかと部屋に入り、電灯をつける。そして上島の写真を一睨み。

「はぁい、お邪魔します。今日も、上島、馬鹿面」

べ、と静香は上島の写真に舌を出して民子へ振り返る。

「ちょうど帰り道に、この店があるじゃない？　色々思い出しちゃって」

そして彼女が差し出したのは、赤いビニール袋だ。

「このお店って？」

受け取ると、ずっしり重い。そして、温かい。

袋越しに、濃厚な香りが鼻を突く。

「これ、なに？」

「あれ。民子、知らない？　中華で有名な店よ。繁華街にあるから、遅い時間まで持ち帰りやってんの」

袋から出て来たのは、四角い紙の丼だ。底が細く、上が広い。上には透明のプラスチックの蓋。覗き込むと真っ赤な液体が揺れている。

「麻婆豆腐？」

蓋を開けると暖かな湯気。それは、いかにも濃厚な麻婆豆腐。

「丼ね。下がご飯になってて、上のトレイを引っ張ったらこう……下のご飯に乗るでしょ。飲んだあとって、炭水化物が食べたくなるじゃない？」

器用に蓋を取り外し、赤い濁流をずらせば白いご飯に麻婆豆腐の赤い油がじゅっと染み込むのが見える。

「悔しいけど美味しいのよ。民子と一緒に食べようって、そう思って」

「夜に？」

「夜だからに決まってるじゃない」

民子が晩ごはんを食べたのは九時前。今この瞬間まで満腹だったはずの民子の腹が、麻婆豆腐の濃厚な香りに刺激を受ける。

情けなくも鳴った腹の音に、静香がけらけらと笑い声を上げた。

冷蔵庫で冷やされた麦茶をコップに注ぎ、目の前にはまだ生暖かい麻婆豆腐丼。

白い豆腐も赤く染まる。表面には赤い油の膜まで張っている。ミンチと豆腐とスパイスの味の液体は、ぐずぐずと白い米の中に染み込んで、その見た目だけで民子の口に唾が湧いた。

民子は丼を目前に、欲望と理性の狭間で戦っていた。喉に落ちる唾が、耳の奥を痛くさせる。

「こんな時間に、こんな油の浮いた……こってりの……」

「はい。山椒。この店ね、山椒をたっぷりかけるのが美味しいんだって。あたしは苦手だから振らないけどね」

「振らないの？」

「だから民子、どうぞ」

続いて静香が差し出してきたのは、小さな銀の包装紙。切り口からは、ツンと山椒が薫った。振りかけると、薄い緑の粉が散る。

「和山椒？」

「そ。珍しいでしょ。ふつうは花椒だけど、ここは和山椒なの。それが美味しいんだって」

静香のものも合わせて二人分、たっぷり麻婆豆腐にかけてやれば、もう今が深夜であることも何もかも忘れた。

「じゃ、静香、いただきます」

「どうぞ、たんと召し上がれ」

大きく一口分、プラスチックのスプーンですくって見つめる。躊躇は一瞬。口に放り込めば、とろりと油が喉を包む。続いてぴりりと辛味、甘さ、米の一粒一粒に、まとった油の味まで胃に染み渡る。

最後に鼻へ抜けるのは山椒の爽やかな香り。なるほどこの優しさは、和山椒ならではだ。と、民子はその味を噛みしめた。

「う……美味しい」

しかし最後に襲ってくるのは罪悪感だ。しかし、美味しさの前にそれも屈服する。

夢中で食べる民子を見て、静香は笑った。

「民子も山椒好きよね。あいつと一緒で」

「……あいつ？」

「この店さ、あいつが……上島のやつが。バイトしてたのよ」

静香は何でもない顔をして、麻婆豆腐を食べ始めた。

「え、え、え？」

民子は目の前の麻婆豆腐と上島の写真を交互に見る。その笑顔と、この赤い麻婆豆腐はどうしても繋がらない。

「花見の時にあいつに聞いたじゃない？　何をしてるのかって」

「料理人？」

「そ。なのに、その花見のちょうど三日後くらいだったかな。飲み会の帰りにこの店の前、通りがかったらあいつがレジにいてさ」

静香は丼を持ち上げた。お洒落なロゴの入った、赤い紙丼。こんな店で働く上島など想像が付かない。

「しばらく見張ってたんだけど、どう見てもホールのバイト。料理人なんて嘘じゃない。あいつが仕事終わりまで店の中で居座ってやったわ。もう何杯も食べたのよ。次の日、体重増えてるし吹き出物は出るし最悪」

静香の赤い指先が、紙のどんぶりをつつく。

「で。バイト終わりのあいつ捕まえて、民子に嘘吐いてんのかって、問い詰めて。そりゃもう、大喧嘩」

「静香、上島さんが料理人だって、信じてたの？」

「まさか」

静香は苦笑して上島の写真を見上げる。

「信じちゃいなかったけど。でも嘘吐かれてるって分かったら腹立つじゃない。それにきっと、民子はあいつのこと好きになってたから」

好き、という言葉に民子の胸の奥がちくりと痛む。

振り返って考えてみれば、彼とともに過ごした一年。一度も彼に好きだとは告げていなかった。彼から好きだとは言われることもなかった。

「だから本当に二人がそうなっちゃう前に……ちゃんと、あいつの素性だけは押さえておこうって。そう思って。せめて民子にはちゃんと素性を言えって叱りつけて……」

「で。喧嘩？」

「そ。あいつの襟ぐりひっつかんでやったから」

民子はぽかん、と動きを止めた。そして慌てて冷たい麦茶をめいっぱい飲む。胸が締め付けられるようだ。悲しみではなく、驚きで。

「そんなこと俺が決めることだーって、あいつも怒鳴りかえしてくるし、大喧嘩になって、それで店を追い出されてさ。道ばたでも喧嘩して警察のじじいに仲裁されてもう最悪」

「上島さんが、怒鳴る……」

二人で同時に、写真を見上げた。蛍光灯の白い光のせいで、上島の顔は半分隠れている。

ただ、大きく開いた口だけが見えた。

「あたしが怒らせたからね。あいつが飄々《ひょうひょう》としてるから、妙に腹立っちゃって」

だからコロッケを作る民子を見て、必要以上に怒ったし、止めたのだ、と静香は言う。

「ああ。おなかいっぱい」

最後の一口分を美味しそうに噛みしめて、静香はゆっくり手を合わせた。

そして彼女はだらしなく、その場に寝転がった。その体から酒と煙草がかすかに香った。

「こないださ、お好み焼き、食べに来たじゃない？」

静香は床に広がった髪を指先に絡めながら呟く。

「何となく、思い出すのよ。あんな写真見ちゃったせいで」

彼女の目線は、上島のいる棚の上に向かっていた。口振りは乱雑だが、子供のようにふてくされた声だ。

「そしたら急に麻婆豆腐食べたくなっちゃって。ついでに、あいつの話したくなっちゃって……民子と」

民子は想像する。上島と静香の喧嘩を。

上島が怒鳴るところなど想像もつかないが、静香と喧嘩をする様子はたやすく想像できた。

「あのとき、もう一生分食べたって、思ってたのに」

まるで子供か、子犬同士の喧嘩のようにきゃんきゃんうるさくて、そしてかわいい。

そして同時に、

（また、上島さんの知らないところを見つけた）

と、思う。

八百屋の親父さんが見た上島、静香が聞いた上島の怒鳴り声。

居なくなって一年も経って、新しい上島と出会えるのは不思議なことである。

「店の看板見たら、急に……口の中にさ、こう……あいつ、怒ってるくせに人のおごりで遠慮もせずに二杯も三杯も山椒山盛りかけて食べてたこととか、こっちも負けずに食べまくったこととか……」

「分かる」

民子はコップを両手に掴んだまま、思わず笑った。

「思い出すんだよね、色々と」

「あたしさ、正直に言うと、あんな子供じみた言い合いなんてやったことないのよ。しかも男相手になんてね。でも、あいつの前だと、自分が子供みたいになるの。それがすごくむかついて、苛々して」

彼女の言葉は鋭いが、口調は優しい。誰もがそうだ。上島のことを思い出すとき、みんなが優しい声になる。そんな声を聞くと、民子はまるで自分のことのように嬉しくなってしまうのだ。

「静香、上島さんとよくにらみ合ってたもんね」

民子は笑いをこらえるように言った。

上島がいた頃も、静香はこうして時々やってきた。ご飯をねだりにくることもあったし、おみやげを持ってきてくれることもあった。

三人での食事は、二人の時とは違ってとてもにぎやかだ。上島の言葉に静香がかみつき、静香の言動を上島がからかうからである。

にぎやかな二人に囲まれて食べるご飯は、忙しく、そして楽しかった。

「……あれから一年も経ったから、いい加減もう慣れたと思ったけど」

静香と民子の間に、一瞬の間が落ちた。静寂が今は寂しい。静香の目が薄暗い部屋を見渡して、そして彼女は唇の端を噛みしめた。

「ここに、あいつがいないのが不思議」

「……そうだね」

「ああ、もう。居なくなってせいせいしたと思ったのに、次はこんな、食べ物で思い出させるなんて、本当にいやなやつ」

静香は照れを隠すように腕を伸ばす。少し蒸す部屋の中には麻婆豆腐の刺激的な香りが満ちていた。

「食べ物で思い出すなんて、本当、民子になったみたい」

「たぶん、上島さんが食いしん坊だったからだよ。上島さんとの思い出は、食べ物ばっかり。だから思い出すし、それが嬉しい」

食べ物は情けないほど、思い出に直結する。この春から、民子はそれを嫌になるほど感じている。

何かを食べるたび、飲み込むたび、舌の上に乗せるたび、思い出がよみがえるのだ。それは悲しみではない。思い出を食べる作業なのだろうと、民子は思っている。

そしてたぶん、今後は麻婆豆腐を食べるたびにこの夜のことも思い出すのだ。

静香と二人で上島のことを思い出した、そんな夜のことを。

「ああ。ほんとに、おなかいっぱい」

外を派手な音楽を鳴らして車が走っていく。角を曲がったのか、音はどんどん小さくなり、そしてまたいつもの静寂が戻ってきた。

「ね。静香。静香も、上島さんが居なくなって、寂しかった？」

ふと静香の顔を見れば彼女の瞳は閉じられて、まるで子供のような寝息がその口から漏れていた。

民子は静香を起こさないよう、その体へそっと毛布をかけてやる。そして見た目よりも柔らかいその髪を撫でた。

「……おやすみなさい」

たぶん彼女は、メイクも落とさずに眠ったことを明日の朝になって悲しんだり怒ったり、後悔したりするに違いない。そんな静香をなだめて、ちょっと遅いモーニングに出かけよう。民子は欠伸をかみ殺し、枕元の目覚まし時計のスイッチを切った。

思い出カレー

雨が降って、止んで、また降った。ぐずぐずしつこい雨もそのうち止んで、夕方には綺麗に晴れ上がる。

無駄になった傘の柄を持てあそびつつ歩けば、どこかからカレーの香りがぷんと民子の鼻に届いた。雨上がりの空気は、香りが広がりやすいのかもしれない。

じっくり熱が入り、縁までぐずぐずになったジャガイモ、ニンジン。ごろり転がるお肉の塊は身が縮まり、脂のところはトロトロで。そんなコトコト煮込まれた黄色のカレーを想像して、民子は唾を飲み込む。

だから今晩はカレーにしよう、と思ったのだ。

カレーほど、人の思い出に忍び込む食べ物はないと、民子は常々そう思っている。

「ただいま上島さん、今日はカレーだよ」

食材がたっぷり詰まったビニール袋を下ろすことも忘れて、民子は棚に駆け寄る。上島は相変わらず笑顔だが、今日は普段よりも嬉しそうに見える。

「カレー大好きだもんね、上島さん」

上島の好きなカレーは甘口カレーだ。

カレーに限ってはかぼちゃが好き。タマネギは通常の二倍量。ニンジンはできるだけ小さく切って、お肉は豚肉。それも、脂部分をカリッと焼き上げたものを使うこと。隠し味なんて言語道断。ただし、ケチャップはちょっとだけなら、入れても大丈夫。

普段は民子の作る物にそれほど口を出してこない上島なのに、カレーだけはひどく口を出した。民子の作る真後ろで、まるで動物園の白熊のようにウロウロと監督するのである。

それが無性に面白くて、民子はカレーの日だけ上島のことを「監督」と呼んだ。

「だからカボチャとタマネギいっぱい買って来たよ」

上島と出会う前まで民子が作っていたカレーは、一般的なものだった。ジャガイモのフチがトロトロになるまで煮込んだあと、辛口のきりっとしたルーを溶かし込む。

こだわりがあるとすれば、ベースに鶏ガラスープを使うこと。

安い鶏ガラでも青ネギや生姜と一緒に煮込むと、部屋中に濃厚な香りが広がる。特に梅雨の手前のこの季節、蒸し暑い部屋の中で鶏ガラスープにルーを溶かすと、ああ、カレーを食べるんだ、と、じわじわ嬉しくなったものである。

それが民子のカレーだ。自分のカレーにこだわる上島だが、時々はそんな民子のカレーを食べたがる時もあった。

民子の鶏ガラカレーは、カレーではない。民子のカレーなのだ、と上島は小難しい顔をしてそう言っていた。

そして、甘くて黄色いカレーは、上島と民子のカレーなのである。

「監督、今日は二人のカレーを作るよ」

写真の中の上島の笑顔が一段と輝いた、そんな気がした。

「タマネギいっぱい、ニンジン小さく、かぼちゃは大きく」

四つの大きなタマネギをざくざくと切って、家で一番大きな鍋でバターを使って炒める。

あとは具材を放り込んでいくだけだ。豚肉だけは、フライパンで脂の縁がカリカリになるまでじっくり焼き上げる。

全てを放り込んで水をたっぷり注ぐと、透明な水が白く濁った。覗き込むと、民子の顔が映る。いつもなら、上島の顔もそこに映るはずだった。だから、思わず振り返る。しかし背後は茜色の光が差し込んだ床しかない。ただ、きらきらと輝くばかりである。

「上島さんが居なくなって、初めて作るカレーだもんね」

気がつけば、一年もの間カレーを作っていなかった。

だからじっくり作ろう、と民子は思う。今後このカレーは、民子だけが受け継いでいく味だからである。

上にぷかぷか浮かんでくる雲のような灰汁《あく》をすくいつつ、ことことと煮込んでいると、日がだんだんと翳《かげ》っていく。具材が柔らかく煮込まれたら、ルーの出番だ。

民子はスーパーの袋から、うやうやしくカレールーの箱を取り出す。甘口の特価品。とことんこだわる癖に、上島はルーの種類については無頓着《むとんちゃく》だった。高級品でも、スーパーの激安品でも、気付かないし分からない。

「だから今日のは、安売りだよ」

民子は含み笑いをしながら、ルーを外装の上から折る。薄いビニールを剥がせば、つんと異国の香りがする。日本食のような顔をして、やっぱりカレーはどこか海外の食べ物だ。

「ゆっくりルーを混ぜて……」

スープにルーが加わると、一気にカレーになる。重みが増えて、かき混ぜるおたまにぐっと力が加わる。混ぜれば混ぜるほど、カレーになっていく。

母の作るカレーは本格的なスパイスカレーだった。学校のキャンプ研修で生まれて初めて、ルーを使うカレーというものに出会った。濃厚でとろりととろける味わいに、幼い民子は驚いたものだ。

親戚の家で食べたデミグラスソースのような黒いカレー、スキー場で食べたぬるいカレー、静香の作る隠し味の多すぎるカレー。どれもこれも美味しかった、と民子は過去のカレーに思いを馳《は》せる。

不思議と、民子は一度食べたものを忘れない。どれも思い出に深く繋がる味だからだ。

「……カレーはやっぱり国民食だ」

民子がぼんやりと考えている間に、とろりとした黄色のカレーがふつふつと沸き上がる。底からゆっくりと湧き上がった泡が弾けるたびに、カレーの香りが漂った。

「味見、味見」

民子はまるで神聖な儀式のように、スプーンを取り出してそっとその先をつける。ぐらぐらと煮込まれたカレーをたっぷりすくうと、軽く吹いて口の中へ。

「あつっ」

鍋からすくったばかりのでき立てカレーはとにかく熱い。しかし、カレーはこうして立ったまま食べる瞬間が一番美味しい。

熱くて甘くてスパイスが遠く香る、黄色いカレーが口の中いっぱい広がって、それは民子の心のどこかを刺激した。

「あ。そうだ。水も用意しなきゃ」

大きなコップにたっぷりの水を注ぐ。そして炊飯器からご飯が香る頃、窓の外には夜が訪れていた。スプーンをくわえたまま窓を大きく開け、民子は夜風を顔に受ける。

民子の家から漂うカレーの匂いで、また誰かがカレーの気分になるのだ。それは幸せの連鎖だな、と民子は思った。

民子のハンバーグ

まるで真夏のような日差しが大地をじりじりと焦がしている。

休日をいいことに昼過ぎまで惰眠を貪っていた民子は、歯ブラシをくわえたまま寝惚け眼で窓を開け、初夏の日差しを浴びた。

今日の温度は、初夏と言うより真夏だ。部屋の中にいても分かるほど、跳ねた日差しが皮膚にまとわりつく。ああ、なんという夏の、湿度だ。

今年初の猛暑日となる地域もあるでしょう、とどこかから聞こえてくる。隣の住人が窓を開けて大音量で流すラジオのようだ。その声に民子は再び外を見た。

日差しのただ中に止まっている黒い車、太陽に晒されて見るからに熱そう。触れるとジュッと音を立てそうだ。フライパンみたいだ、と民子は思う。だからふと、本当に唐突に、

「今晩はハンバーグにしよう」

と、そう思った。


ハンバーグを食べることはあっても、作るのは久しぶりのことだった。

土曜の午後をだらだら無駄に過ごしたあと、ようやくソファーから身を起こしたのは夕方の手前。起きてから口にしたのは一杯のミルクだけ。まだ何も食べていない。

それを思い出すと同時に、おなかが鳴った。

「タマネギ、ミンチ、食パンとミルクと」

机の上に材料を並べて民子は一つひとつ確認する。考えてみればハンバーグはなんて単純明快な食べ物なのだろう。

タマネギを大きめに刻むのは、みじん切りが苦手な民子のいつもの癖。大きめの方が食感が出て美味しいからいいのだと上島にはいつも苦し紛れの言い訳をした。

しかし大きなタマネギがごろりと出てくる方が、断然美味しい。ごろりと肉から溢れ出るタマネギを見て、上島だってそれに賛同した。

「食パンはミルクに浸してちぎって」

パン粉代わりに食パンの牛乳漬けを使うことは、ハイカラな祖母から学んだ。

かさかさのパン粉でつくるよりも、ずっと柔らかくてふかふかのハンバーグになります。と、細い指でパンをちぎる祖母は誰よりも淑女だった。

炒めたタマネギにミンチ肉、塩に胡椒に食パン。

単純に見えるハンバーグも、色々な歴史を繋いで今の形になる。

「大きく……大きく」

ハンバーグは大きければ大きい方がいい。掌の上いっぱいになって、支えきれないくらい大きな小判型。本当は分厚い方が美味しいが、家でやると生焼けになってしまう。だから、ちょっと勿体ないけど、薄目につくる。

十分に暖めたフライパンの上にそっとそれを乗せると、じゅ、と音を立てる。よし、予定通り、想像通りだ。

焦がさないように、でも生焼けにならないように。慎重にフライパンを見つめると額に汗が浮かんでいた。

気がつけば西日が窓を茜色に染めている。

ご飯は炊けた。ハンバーグはそろそろ焼き上がる。ハンバーグの隣を少し空けてそこに卵を一つ。ふちがかりかりと香ばしく焼き上がるまで、少し待つ。

「完成」

崩れないよう気をつけながらハンバーグを皿に移し、表面にケチャップを軽く塗る。そしてその上に半熟の目玉焼き。茶色と赤と黄色。これが民子のハンバーグだった。

さらに炊き立てのご飯を白い皿にそっと盛って、慎重にテーブルに運ぶ。

「……いただきます」

お皿いっぱいに広がる巨大なハンバーグは不安定なほどに緩めで、突くと挽き肉がほろりと崩れる。

上島に初めてハンバーグを振る舞った日、彼は「子供の時にこんなハンバーグが出て来たら絶対、感動した」と目を輝かせた。

その言葉は、今でも民子の中に響いている。

(そういえば、上島さんが怪我をした時、あの日もハンバーグだった)

箸を手に取りながら民子はふと思い出した。

ある夏の夜。仕事から帰った民子を迎えた上島の手に、仰々しく包帯が巻かれていたことがあった。

驚く民子に、上島は「大したことない」と、ごまかそうとした。なにをしたのか問いつめても彼は答えない。どんな怪我なのか問いつめに問いつめて、やっと「ヤケド」と、恥ずかしそうに彼は答えた。

両手に火傷を負うなんて、何をしていたのか呆れかえったが、彼があまりに恥ずかしそうなので、民子もそれ以上問いつめるのをやめたのだ。

しかしその日の夕飯は、運悪くハンバーグである。箸を握るのも辛そうな上島のために食べさせてあげる、と宣言したものの、あいにく民子のハンバーグは柔らかすぎて、ボトボト落ちる。熱いの柔らかいのと大騒ぎしながらの、やけにうるさい晩ごはんとなった。

そうだ。そんなこともあったのだ。

「でも、やっぱりハンバーグは、柔らかくなくっちゃあ」

箸の先でそっとハンバーグを割ると、ゆるりと肉汁が広がる。皿の上に、大きなタマネギの欠片がコロコロと転がり出る。口に入れるとほろりと崩れて肉の味が広がった。

「……美味しい」

肉の味をじっくりと味わったあとは、まだ柔らかい卵の黄身をそっと押す。単調だった皿の上に黄色が広がる。肉に黄身を絡めると、ぐっと濃厚さが増した。

それをご飯の上に乗せて、口いっぱいに頬張れば、美味しさに思わず顔がほころぶ。柔らかい肉の奥に、ミルクの香り。それは、遠い遠い昔に祖母が作ってくれたハンバーグの味によく似ている。

幼い頃、美味しいと思った祖母のハンバーグ。もう食べられなくなったハンバーグ。しかしその味は受け継がれて、確かにここにあった。

子供の頃と同じ顔で、民子はハンバーグを頬張る。口の端についた肉汁をぺろりと舐めた。

「……明日はこれに残ったカレーをかけてもいいなあ」

そして彼女は先日作ったカレーを思い出す。あと少し残ったカレーが冷蔵庫の中にあったはずだ。ハンバーグのタネも十分にある。残り物と残り物の組み合せだが、それが両方好物なら途端に至福となる。

ごろごろとしたタマネギの食感と挽き肉の脂身を噛みしめながら、民子は明日の夕ごはんに思いを馳せた。

余り物、皿うどん

「これも、これも、もうだめ」

本格的な梅雨の到来ももう間近。そんなニュースを聞いて、民子は重い腰を上げた。

「これも、切れてる……賞味期限って案外短いなあ」

湿度があがるその前に、台所の掃除というしごく面倒臭い大仕事をやっつけてしまおう。と、そう決意したのである。


棚に、冷蔵庫。中を漁れば驚くほどいろいろな食べ物が出てくる。会社でもらったもの、安売りに惹かれて買ったまま忘れたもの、様々だ。

結局、目に付くところに置いておかないと賞味期限なんてあっと言う間に過ぎてしまう。数ヶ月経過したものもあったし、中途半端に封が開けられて中が乾ききったものもある。それを一つ見るたび、自身のいい加減さを思って民子は落ち込むのだ。

「あ。これ、まだいける」

棚の奥、ひっそりと埋もれた四角い袋を引っ張ってみれば「皿うどん」と書かれていた。

賞味期限はぎりぎり、明日だ。

ようやく一つを救えた気持ちになり、民子は慌てて立ち上がった。

「晩ごはんは皿うどんだ」

皿うどんほど、簡単なものはない。調理など、実質好きな具を炒めるだけ。それをあんに絡めて麺に乗せれば完成だ。

「たしか野菜も、使わないといけないのがあったし……」

冷蔵庫をあければ、中途半端に残ったキャベツに人参、タマネギ。

「あ。蒲鉾《かまぼこ》もあった……お肉と、あとは……」

冷蔵庫の隅っこを探れば、どんどんと微妙なサイズの食材が転がり出てくる。冷蔵庫の中の大掃除もしなくては、と民子はぞっとする。

「……今日の皿うどんは、贅沢だなあ」

まな板の上にたっぷりそろった食材を見て、民子は思う。せっかくだからたっぷりの野菜をあんに絡めよう。酢などかければこの蒸し暑い空気だって払えるに違いない。

「そういえば、上島さんは、皿うどんをこの家で初めて食べたんだよね」

民子はふと上島の写真に話しかける。

「家で作れるって、知らなかったんだよね」

それは、二年前。たしか、あの時もちょうど梅雨入りのころだった。

上島は、不思議なくらい色々なことを知っている男だった。

しかし民子は自転車に乗れない。民子は海を見たことがない。それに反して、彼はこの世の全てを知っているような男だった。

たとえば、彼は動物や植物の名前に詳しい。動物園や植物園に行けば、プレートを見なくても大抵名前を教えてくれた。

たとえば、彼は映画に詳しい。どんな映画のあらすじだって、すらすら答えた。

もちろんいい加減な嘘を言うことも多かったが、説得力があるのでだまされていたことに気がつくのはいつもいつも、少しあとになってから。

そんな上島のことを、民子は一度だけ大いに驚かせることに成功した。

それが、皿うどんである。

(上島さんは、皿うどんは中華屋さんでしか食べられないって、そう思い込んでたんだよね)

人参を薄く切りながら民子は思い出す。

ある夜、仕事で疲れた民子のために、上島が野菜炒めを作ってくれたことがある。民子が風呂に入っている間に、たっぷり作って民子を驚かせよう……と、彼は考えたようだ。

しかし風呂上がりの民子が見たものは、水分が出てべちゃべちゃになってしまった野菜炒めの残骸《ざんがい》と、頭を抱える上島だった。

「強火でさっと炒めるのが、野菜炒めのコツだよ、上島さん」

あの夏の日、民子はそう思った。落ち込む上島には、言えなかったが。

だからそのかわりに、民子は野菜炒めの残骸を使って皿うどんを作ったのだ。

皿うどんの中に入っている付属の粉スープを水で溶かして、上島の炒めた野菜が入ったフライパンの中に流し込む。火を少し通すだけで、それはくつくつとろとろ、茶色の美味しそうなあんとなる。

それを、乾麺《かんめん》の上にそうっとかければ、簡単に上島の失敗が救われた。


(あのとき、上島さんは……)

キャベツはざく切り、タマネギは薄切り。蒲鉾は少し大きく切る。それを全部まとめてフライパンに放り込むと、思い切って炒める。水分がでる前に、大急ぎで野菜にさっと火を通す。

(子供みたいに、笑ってたなあ)

火が通りすぎる前に一度火を止めた民子だが、ふと思いたって再び火をつけた。

今度は弱火で、まるで野菜をいじめるようにじくじくと、箸の先でつつく。

そのうちに、野菜から水分が溢れ出した。

野菜自身が持つ水分が、ぐずぐずとお互いを包み込んでフライパンの中で暴れ出す。

「もうちょっと……確か、あのときの野菜炒めはもっと、どろっとしてた……」

どろどろの野菜炒めが皿うどんとなって目の前に置かれたとき、上島は子供のように喜んで「それが民子だよ」と、言った。「民子のいいところは、そこだ」

その声は、その言葉は、時をこえて民子の背中をくすぐった。

「完成」

ぐずぐずの野菜の上に、とろみのあんをかけてしばらく。ぐつぐつ煮込まれた熱い液体を、麺にかけると美味しそうな音が響く。

民子は慎重に麺の上から酢を垂らした。

「これこれ。これがないと……」

酢は、蒸し暑い空気を打ち払う。麺にとろけると、その酸味が心地よい味となる。

箸を手に取り、

「いただきます」

と、言い終わるより早く、麺を一束、口にはこんだ。

「おいしい」

スープを吸い込んでぐずぐずとなった麺に、柔らかすぎる野菜、時々紛れ込む蒲鉾の柔らかさ。

そして酢の香り。

昔、皿うどんはしゃきしゃきの野菜がおいしいのだ、と思っていたこともあった。

まだみずみずしさを残す野菜の堅さと、麺の柔らかさがいいのだ……と。

しかし、今は断然、炒めすぎた野菜がおいしい。全てが丸く柔らかい。

民子はこれを食べるたびに、野菜炒めを失敗した上島のことを思い出す。いつも堂々としていた彼には珍しく、おろおろと民子の手元をのぞき込む上島のことを思い出す。

そして、皿うどんを差し出した時に、花が咲くように笑った彼の顔を思い出す。

「そっか」

台所にぽつりと残った皿うどんの袋を見て、民子は手を止めた。

「……皿うどんは二つ入ってるんだった」

大きな袋に二つの麺とスープ。一人で食べると、余ってしまう。そんなことに今更、民子は気がついた。

それなら明日も、皿うどんだ。

明日はどんな野菜を入れようか……そんなことを考えながら民子は野菜を噛みしめた。

雨の日のハンバーガー

最近は雨続きだった。梅雨らしい、しとしと雨の続く毎日だった。

民子は雨が嫌いではない。休日、部屋の中から見る雨だれのガラス窓は、なんとなく情緒があっていいものだし、湿気を帯びた布団の中でいつまでもゴロゴロするのも嫌いではなかった。

でもそれもこれも、雨は外に降るものだからこそ素敵なのである。

「でも、家の中の雨は困るなあ」

と、民子は初めて実感した。

土曜の朝一番。朝御飯をつくる民子の頭に、天井から一滴のしずくが落ちてきたのだ。

それは雨漏りではない。上の階からの水漏れである。


「一週間後の工事までは、キッチンの使用を控えて下さい。漏電の危険もありますので」

雨の中駆けつけてきた電気工事の男性は、四角い顔に四角い声の持ち主だ。彼は手慣れた様子で電気回線を確認すると、素早く玄関に駆け戻り頭を深々と下げた。

まるでロボットのようだな、と民子はぼんやりと思う。

家の中に雨が降ってすぐ。慌てて大家に電話をすれば、すぐさまやってきたのがこの男だった。

この水滴は上の階からの水漏れ。それも不注意で起きたものではなく、家の老朽化のせいだった。住み心地はいいのだが、あちこちにガタが来ている。それは外ではなく内側に来るのだ。人間と同じだ。

「どうしようね、上島さん」

湿気って壁紙がぽっかり浮かび上がった台所を前に、呆然と民子は呟いた。つい、彼の名を呼んでしまうのは癖だった。

何か困った時、その名を呼ぶだけでどうにかなる気がした。

「冷蔵庫も、真っ暗」

電源が落ちて薄暗くなった冷蔵庫を開けて、溜息とともに閉める。冷蔵庫の中には調味料と、野菜がいくつか転がっているだけだ。

ちょうど昨日、生ものを食べ尽くしたところで運が良かった。などと自分で自分を慰める。それでも、真っ暗で生ぬるい冷蔵庫は少しだけ寂しいものだった。

「おなかも空いたし、キッチンも使えないし」

外は雨。家の中も雨。

「晩ごはん、まだ何も考えてないし」

振り返った民子の目に、レンタルＤＶＤの袋が飛び込んだ。何となく気紛れに借りたまま、見ていなかったサスペンス映画。

「あ、返却、明日までだった」

だから今日は、久しぶりに一人映画館をしよう、と民子は決意した。

二年前のちょうど今頃のことである。

真夜中にふと、映画館に行きたい、と思ったことがある。

見たい映画があったわけではない。ただ、ひんやりと肌寒く大音量の響く暗闇の中に埋もれたい。そう思っただけなのだ。

それを聞いた上島は「良いことを思いついた」と飛び起きて、家を飛び出していった。

数十分後に戻って来た彼の手に掴まれていたのはハンバーガーとポテト、そしてコーラ。

油の香りがぷんと香って、真夜中だというのに民子のおなかが鳴った。

「民子、こっちきて。頭からタオルケットかぶって、電気を消して、スピーカーをタオルケットの中にいれて」

上島は何かいいことを思いつけば、すぐに動く。民子の手を引いてテレビの前に座らせると頭からすっぽりタオルケットをかけた。目の前にハンバーガーと萎《しお》れたポテトとコーラを並べてテレビをつける。

暗闇に慣れた目に、光がぱっと輝いた。

ちょうど深夜映画が始まったところである。中東の、不思議な町並みが広がっている。殺人が起きるわけでも、恋愛が始まるわけでもない。ただ、少年が馬を引いて旅をしている。気怠いロードムービーだった。

聞いたこともない言葉で喋る異国の少年。ざらざらとした画面の向こうに赤い砂漠が広がる。

「映画館みたいだろ」

上島はそう言って、にっと笑った。狭いタオルケットの中に二人、くっつけば蒸し暑いだというのに、彼は楽しげに笑って民子の口にポテトを押し込む。

「映画館だとこんなのも食べにくいけどさ。家なら食べられるし」

上島はそんな遊びを思いつく天才だった、民子よりもずっと。

だから民子にとってはポップコーンなんかよりも、ハンバーガーとコーラと萎れたポテトが一番映画館を感じるのである。

梅雨の夜は、早く更ける。電気を消してタオルケットを深く被って、民子はテレビの前に鎮座した。

外の雨はまた激しくなったようだ。大きな雨粒が窓を叩いている。

「いただきまーす」

買って来たばかりのハンバーガーの包み紙を剥がして勢いよくかぶりつく。やや湿って皺が寄ったパンズに、薄い肉。噛みしめると懐かしい味が口に広がる。ハンバーガーを食べたのは久々だ。それは何故か懐かしい。味も、食感も、香りも、紙をめくるその音さえも。

ピクルスとケチャップの酸味が梅雨時の胃に優しく染み渡る。

萎れたポテトは塩の味。口の中でくたりと溶けるのが不思議と美味しかった。

カリカリと揚がったポテトも美味しいけれど、これはこれで格別なのだ。中身のないような、くしゅっとした柔らかいポテト。ざらっと舌に乗って、それはいつか見た映画の砂漠を思い出させる。

たった一人、タオルケットを被って映画を再生すると、ごくごく平凡なサスペンスが始まる。銃撃戦と、唐突な恋愛ドラマ。犯人は分かっているのに、民子は膝を抱えたまま、それを真剣に見つめる。

食べ終わっても、まだ映画は続いていた。

民子は氷が溶けて薄くなったコーラを一口飲む。

「上島さん」

癖のように名を呼ぶ。返ってきたのは雨の音。

「映画館みたいだねえ」

タオルケットを深く被って、民子は微笑む。

もう上島との思い出は全て思い出し尽くした、と思っていたのだ。それなのに、食べ物にリンクして様々な思い出が蘇る。

寂しさもある。悲しさもある。しかしそれ以上に、上島との時間を思い出させてくれる食べ物たちに民子は感謝すら覚えるのである。

実山椒は夏の香り

部屋中が青い香りに包まれている。

それは夏の香りだ。夏を誘い込む香りだ。

夏を迎える前に去った人を思い出させる香りだ。


雨の日曜日、朝から台所の工事が行われた。先日、民子の家を襲った水漏れ事件の修復工事である。

一時間ほどかかると聞いた民子は、退屈しのぎに朝一番、開いたばかりの八百屋を覗く。そしてそこで、青い実を見つけた。

「綺麗な山椒だよ」

と、親父さんはいつもの笑顔でそう言う。あく抜きは少し時間がかかるけど、味付けして冷凍しておけば一年は使えるよ、とも。

時間がかかるよ。その言葉に民子は惹かれた。こんな雨の日は、時間のかかる作業を黙々とやってみたい。そうだ、工事が終われば山椒のあくぬきをしてみよう。

「山椒の実は雨の日にあく抜きをするのがいいから、今日なんか、ちょうどいい」

その方が、香りがたつ。嘘か本当か分からないが、親父さんの言うまま一キロほど購入した。味の参考にと、山椒の佃煮のおまけまでもらった。

「山椒の使わない分は冷凍しとくんだよ。煮るばかりじゃない。鶏のミンチに青いまま刻んで混ぜると、それはそれで粋な味がするからさ」

山椒仲間にしようというのか、必死に説明する親父さんの勢いに飲まれた民子は受け取った山椒の香りを吸い込む。

そういえば、山椒の実なんてもう何年も食べていない。佃煮を作るのだって初めてだ。

浮き足だって家に戻れば、工事はちょうど終わりかけ。

水を含んだ壁紙をはがして貼り直し、ついでに冷蔵庫の下からシンクまで磨いてくれるという。おかげで、くすんでいた台所が美しく生まれ変わろうとしている。

民子がぼんやりとその様子を眺めていると、業者の一人が声をあげた。

「冷蔵庫の下、なにか落ちてますよ」

埃の積もった冷蔵庫の下、男が身をかがめて何かを拾う。

「ありがとう……」

なにげなくそれを受け取った民子は、宛名を見て息を飲んだ。

「……ございます」

それは見覚えのない封筒だ。表に書かれた文字は、見覚えのある名字と見覚えのない名前を刻んでいる。

不審げに民子を見る業者に言い訳をしながら、それをポケットの中にねじ込んだ。

工事終了のサインをしたのも記憶がおぼろげ。工事の人たちを見送ったあと、民子は家の鍵をかけ部屋中のカーテンを閉めた。そして震える手でポケットの中の封筒を取り出す。

それからおよそ一時間後。汗だくの民子はカーテンを開け放ち、外へと飛び出した。

いつの間にか雨はあがり、厚い雲の隙間から淡い光が漏れていた。

「ただいま。上島さん」

家に戻れば、民子は必ず上島に挨拶をする。それはもう感傷ではなく、ただの癖だ。

挨拶を続ければいつか声が上島に届くなんて、もうそんなことは考えていない。ただ挨拶をしなければ落ち着かない。

「上島さん、あのね……」

民子は息を吸い込み、上島に声をかけた。しかし、手に持つビニール袋が彼女の手から滑り落ちたせいで言葉は続かない。それは、本屋の名前が刻まれた袋である。

民子は袋を拾い上げて机のかげに隠すと、台所に向かった。

「……そろそろ山椒のあく抜き、終わったかな」

台所に置かれたボウルの中には、たっぷりの水。底に沈むのは青い山椒。気怠い梅雨の雨曇りに映える、ぱりっとするほど美しい緑だ。手の中で転がすと、部屋が青色に香る。さわやかな夏の香りだった。

山椒の実についた小さな枝を取り除き、たっぷりのお湯でゆがく。そのあとは、水に数時間さらせば実の中に閉じこめられたあくが抜けるのだという。

すでに枝きりと熱湯の洗礼を受けた実は、ぬるい水の中にそっと沈んでいる。かき回すとふわふわ舞うのが可愛らしい。

「どうしよう」

山椒をかき混ぜながら、民子はつぶやく。

「……どうしよう」

つぶやく民子の目の前には、例の封筒がある。水染みが付いた、白い封筒だ。厚みがある。中に紙がみっしりと詰まっていることは簡単に想像できる。

封筒の表面には民子の住所。そして、

「上島圭吾……様」

と、丁寧な字で書かれている。

「……けいご」

口の中で名を呼ぶが、それはまるで赤の他人のようだった。

「圭吾さん」

封筒の名前を指でなぞるが、萎れた紙の感触しか伝わってこない。

「……上島さん」

こちらの方が、しっくりくる。

封筒に押された日付は二年前の秋。封筒の裏に書かれているのは、「上島たみ」という名前。上島の母か、姉か、祖母か。真摯で綺麗な字だった。上島の実家から届いた手紙だ、となぜか民子は思った。

封はすでに開けられている。上島が冷蔵庫の下に隠したのか。いや、彼の性格でそれはあり得ない。おそらく適当に放置したものが、隙間に滑り込んでしまったのだろう。

民子は封筒をつかみ、覗く。中は汚れていない。綺麗な白の便箋だ。黒いくっきりとした文字も見える。が、民子は便箋は取り出さず目を閉じる。山椒の香りにだけ集中する。

この手紙と出会ってもう数時間経つ。中を覗き見したくなる衝動を抑えるため、最初民子は山椒の下ごしらえに逃げた。しかし、そんなことをしていても封筒が消えるわけではない。見るか、見るまいか。散々迷ったあと、民子は封筒の裏面だけ見ることを自分に許した。

そして、民子は迷わず本屋へ駆け出したのだ。買ってきたのは、大きな日本地図。その地図は袋に入ったまま机のかげに置かれている。

「……よしっ」

民子はボウルから手を引き上げて拳を握る。そして上島から見えないように台所で地図を広げ、封筒の裏にかかれていた住所を探し出した。

……住所として書かれたその場所は、意外なほど山奥だった。

「実家は海のそばって、海に囲まれた島だって、そう言ってたくせに、上島さん」

四方を山に囲まれた陸地も陸地。住所は、そこを指している。そもそもこの県には、海がない。民子はその山の場所を、そっと撫でた。海のある場所から、指を滑らせていく。

それは、ひどく遠い。

「海なんて、ずっとずっと向こうだよ、上島さん」

その場所は、山椒の実がとれる、とも書かれている。この地方の山椒は、都内にも出荷される。小粒だが、質がいい……とも。

民子は地図を真剣に見た。そしてその隣に置かれた封筒も見る。居なくなってから判明した上島の嘘だとか彼の名前だとか、それはすべて山椒の香りの前に溶けた。

雨は再び降っては止んで、そしてまた降り始めた。

肌に張り付くような湿度のくせに、肌に触れる空気は冷たい。

「私の山椒はとりあえず、冷蔵庫」

たっぷり半日、日が暮れるまで水にさらした山椒は水を拭って冷蔵庫に眠らせることにした。これは明日、しっかり煮つけて冷凍すればいい。

まずは親父さんが持たせてくれた山椒の佃煮、これがまた大量にある。

鼻を近づけると、懐かしいざらめが香った。

「やっぱりご飯だよねえ……いただきます」

真っ白な炊き立てのご飯に、そっと佃煮を乗せる。あれほど美しい緑色だった山椒も、煮込まれて佃煮になるとすっかり縮んで茶色の固まりに成り果てた。

しかし一口含めば、香りが一気に蘇る。濃厚な甘さの向こうに、青い香り。それと同時に口の中をびりびりしびれさせる、痛みに似た旨味。

痺れは酸っぱさにも似ている。甘くて痛くて酸っぱい。そして、花のような爽やかな香りが口の中いっぱいに広がった。

慌ててご飯を口に押し込めば、甘い味わいが丸くまとめてくれた。

「おお、おいしい」

甘いだけの山椒の佃煮なんて邪道だ。山椒好きの親父さんは言った。民子もそう思う。

痛みがなければ、おいしくない。食べ物のくせに、山椒とはそういう存在だ。

ひりひりしびれる口の中を、ミョウガの味噌汁で急いで洗う。

しゃくしゃくとした歯ごたえと、鼻を抜けるさわやかな香り。それでも吹き飛ばせない山椒の強い香り。外の雨など忘れさせてくれるように、口の中に夏が香る。

ミョウガは物忘れがひどくなるから受験生は食べちゃだめだ。そんなことを遙か昔、民子の母が言った。

妙に真剣な顔だったので、民子は素直にその年、ミョウガを諦めた。せっかく覚えた勉強や友人たちとの楽しい日々を、ミョウガのせいで忘れたら寂しいな、と思ったのである。

「でも忘れるってことも、大事だよね」

上島の写真を見上げて民子はミョウガと山椒を交互に噛みしめる。

「……上島さんは、上島さんだよね」

一度目にしてしまった、圭吾の二文字。あの上島にはどうしても似合わない。

上島は、どうしたって民子の中で、永遠に上島でしかあり得ない。

箸の先につまんだ、くたくたの山椒の佃煮を眺めながら、

「……生まれた場所の名産だから、上島さんは山椒好きだったのかなあ」

と、つぶやいた。

彼との食事の思い出に山椒の記憶はない。もし彼の好物なら二年前に作るべきだった。夏を見る前に去ることになるのなら。

せめて青い香りが届きますようにと、民子は彼の写真の前に一盛りの山椒を置く。

青い実の向こう、彼は相変わらず笑っていた。

梅雨の終わりと梅の粥

風邪を引いたのは梅雨も終わりの日曜日。喉の痛みと関節の痛みをごまかそうとした民子だったが、やがてそれは無駄な努力だったと気付く。

のど飴生活三日目の水曜日。

唐突に上昇を始めた体温と、体を震わす寒気に屈して、民子は初めて会社を病欠した。


（……喉いたい、さむい、あつい）

電気を落とした真っ暗な部屋の中、頭まで布団に潜り込んで民子は子供のようにぐずぐずと鼻をすする。

梅雨も終わりかけ。最後の名残とばかりに雨が降るので、窓を開けることもできない。蒸し暑い部屋の中で民子はただただ耐えている。

熱が出るのは体が悪い菌を追い出そうとしているからだ……分かってはいても、熱が体を蝕む感覚にはやはり慣れない。

ここまで酷く風邪を引くなど、二年ぶりのこと。

（そうだ……前は、上島さんが居たときだったから……）

蒸し暑い布団で体を包み込み、民子はがたがたと震える。吐き出す息は熱く、目を閉じると無意識に涙が溢れる。

（いたい、くるしい……）

二年前に引いた風邪は、これほど酷くは無かった……と思うのは、当時は上島が居たからだろう。

彼はその日、どこかへ出かけようとしていたようだ。しかし、民子からの連絡を受けるなり用事を投げ捨ててすぐさま家に駆け戻ってくれた。

（ばちがあたったんだ。上島さんのこと、調べようなんて、おもうから）

上島宛の手紙が見つかって一週間。相変わらず中身は見ていないが、裏に書かれた住所だけで、民子は色々に想像した。

図書館の大きな地図で、住所を追いかけガイドブックにまで目を通した。栗や山菜も筍も採れる、豊かな土壌のようだった。

筍の煮付けを、栗ご飯を、山菜の天ぷらを、思い浮かべた。どれも上島によく似合っていた。確かに彼は、海より山の人だった。

上島のことばかり考えて一週間目に引いた風邪。これは居なくなった人間の過去を暴くような真似をしたばちに違いない。

（つらい……おなかすいた……）

しかし冷蔵庫は空っぽ。保存食の棚もついでに空っぽ。

体調が悪くなっても食欲の衰えない民子は、なんとか布団から這いだして米袋を覗き込む。ちょうど一握り分。最後の米がそこにある。

「お粥、たべたい」

ごろごろと鳴る声で、民子は呟く。

米をよく洗って水に浸して、分厚い鍋でことこと煮込むお粥。米の甘みが柔らかく溶け込んだお粥。想像だけでたまらなくなる。

しかし、手間をかければ美味しいというわけではない……それは数年前、風邪引きの静香が放った言葉だ。

彼女は誰よりリアリストだった。急病の知らせを受けて慌てて駆けつけた民子の前で、彼女は鼻声のまま炊飯器をぺちりと叩いて言った。

「風邪を引いてる時に鍋なんて使って、もしうっかり寝ちゃったらどうするの？　だから、あたしは炊飯器を使うの。じゅうぶん美味しいから」

文明国に生きてるんだから、文明の利器を使いなさい、と彼女は言った。

「……炊飯器のお粥機能……」

米を炊飯器に入れたまま、民子はしばし逡巡《しゅんじゅん》する。

そりゃ土鍋で炊いたお粥は素敵だけど、熱がある時にそんな手間なんてかけたくないでしょ。手間がかかってるから最高って考え方は嫌いだ……とも、彼女は言った。

土鍋でじっくり炊き込むお粥と、自分の今の体調。両方を比べて、民子は思いきり自分を甘やかすことにする。

病欠が初めてなら、炊飯器で作るお粥も、生まれて初めてのことだった。

民子は雨女だ。大事な用事があるとき、入学式の日、初出勤の日、遊びに行くとき、民子が外に出れば雨が降った。いつも雨だから困ってしまう、と上島に愚痴を言えば、彼は「俺、雨も好きだよ。雨が降ったあとは、全部洗い流したみたいに綺麗になるだろ？」なんて言って、民子を慰めた。

そんな上島は晴れ男だった。彼が出かけると必ず晴れる。

冬には有り難かったが、夏には困った。せっかく涼を運んでくれる夕立の雲も、彼が全て吹き飛ばしてしまうのだ。

文句を言うと、彼は不思議そうに首を傾げた。雨女晴男、彼はそんなことを何一つ信じていない。ただ、晴れた日が多いのは当たり前のことだと彼はそう思い込んでいた節がある。

彼の家族らしき女性から届いた、彼の実家らしき住所。そこは温暖で雨の少ない地域だった。そのせいだ。上島の湿度の無い明るさは、産まれた場所に、起因している。

米を炊飯器に仕込んだあと、そんなことを考えながら布団に潜り込んでいると、うつら、と眠気が襲った。喉の痛みも頭痛もだるさも寒気も、全て眠気が吸い込んでいく。

なるほど。これは鍋で作っていたら大変なことになるところだ。

炊飯器にしてよかった、と民子はしみじみ思った。

どこかで小学校のチャイムが鳴った。平日の昼間に眠る贅沢と罪悪感を民子は噛みしめて目を閉じる。

遙か昔、風邪を引いて学校を休んだ日も確かこんな気分だった。遠くから聞こえる学校のチャイムを聞きながら食べる遅い朝御飯、眠りから目覚めて気がつく夕刻の色、帰宅中の子供達の声。

そして台所から聞こえる包丁の音と、湯気の香り、米がぐつぐつと煮込まれる柔らかい香り。そんな時代は、もう思い出の奥深くに眠るだけである。

過去の思い出は普段は顔を見せない。ただ時折、夢に見る程度だ。過去の悲しみもつらさも、ほのぼのと思い出される程度となる。

上島のこともまた、夢の中だけで思い出す存在になってしまうのだろうか。

それは少し寂しい、と民子は思う。そして同時に、そうなるべきだとも思うのである。

……眠ったのは一瞬のようでもあった。

夢には上島がいた。彼は、晴れ上がった夏の山道を駆け下りてくる。なぜか手には大きなお椀を握っている。

お椀にはいっぱい、お粥が注がれていた。

「民子、お粥」

その声がすぐ耳元で聞こえた。それは懐かしい、上島の声だった。

は、と目を開ければ、全身は汗でぐしゃぐしゃ。窓から西日が差し込んで、台所が茜色に染まっている。

雨が止んだのだ。重い雲をはじき飛ばして、太陽が大地に注いでいる。気温は急上昇。気温のせいか、熱のせいか民子の体から汗が噴き出し、そのおかげでずいぶんと体が軽い。額から溢れた汗のせいで、前髪がべったりと張り付いている。まるで大雨に降られたあとのようだ。いや、それよりも爽快感がある。吐き出す息から熱気が消えた。民子の体が、風邪に打ち勝ったのである。

「……上島さん？」

確かに聞こえた上島の声だが、彼はいつもの棚の上。いつもの笑みを浮かべている。

「あ……そうだ、あのときも、上島さんが、お粥……」

二年前、あの時も熱にうなされて目覚めた民子に上島はお粥を差し出した。それはレトルトのパックだったが。

ぺたりと額に押し当てられたパックは心地のいい冷たさだった。それは、遠方の地名が刻まれていたし、袋にはどこか知らないパーキングエリアの名前が書かれていた。

上島は、ちょうどパーキングエリアで民子からの救援を受けて、そのまま駆け戻ってきたのだという。ヒッチハイクをしながらの旅だったと、彼は自慢げに胸を張って、失敗した小旅行の感想を病床の民子に語って聞かせた。

しかし、どこへ何のために旅行へ行くつもりだったのかは語られないままである。ただ、北へ行こうとしたと彼は言っていた。だって、その方が、米が美味しいだろ？　なんて、彼は奔放《ほんぽう》な発言をして民子を困惑させた。

「……ただいま」

どこにも出かけていないのに、民子の口からそんな言葉が漏れた。

まるで応えるように、炊飯器から間抜けな音楽が流れてくる。それは完成の合図。お粥の甘い香りが部屋いっぱいに広がっている。

まだ熱い炊飯器の中に塩と生卵を一つ投入して軽く混ぜ、じっと我慢の十分間。そっと蓋を開けると、黄色と白がふんわりと混じり合っている。

理想的な柔らかさだ。なんだ炊飯器のお粥は優秀だ。

「いただきまーす」

まだふわふわと身体が雲の上を歩くよう。そんな心地を味わいながら民子は粥を注ぐ。茶碗にたっぷり注ぎいれたお粥の上には一粒の赤い梅。そっと噛みしめると、口の中にじわりと甘みが広がる。米の持つ甘さなのか、ねっとりとした暖かい味わいが喉を通り胃にすとんとおさまる。

噛みしめた梅の酸味が、固まりかけたゆるい白身が、柔らかい米が、優しい塩気が、一つになる。

「滋養だなあ……」

民子は梅の実を囓《かじ》りながら思わず呟いた。

抵抗なく、体に吸い込まれていく甘い甘いとろけるお粥。暖かさに、弱った体がどんどんと癒えていく。

この感覚を民子は知っている。

「……上島さん」

考えて見れば、上島の存在が民子にとって滋養だったのだ。

梅の皮をぷちりと噛みしめながら、民子はふと、失われた人のことを想った。

とうふごはん暑気払い

梅雨終わりの台風は、進路を大きく外れた。台風が残していったのは、じめじめとした雨と、蒸し蒸し暑い夏の湿度。

そして、どたどたと部屋に駆け込んできた静香の姿だった。

「ああもう、最悪！　最悪！」

時刻は既に十九時少し過ぎ。雨に濡れながら走ってきたのか、部屋に飛び込んできた静香は、民子を見るなり絶叫をあげた。

「もしかして民子、もう風邪治ったの？」

仕事終わりのスーツ姿のまま、スーパーの袋を手に台所に立つ民子は、どこからどうみても病人ではない。それを見て静香はその場に崩れ落ちた。

「静香？」

「酷い風邪だって聞いたからこんないっぱい色々買ってきたのに、最悪！　最悪！」

彼女の手にはカラフルな大小様々な紙袋がぶらさがっている。放り出されたそれを開けてみると、様々に綺麗なゼリーの数々が詰まっている。

青いゼリー、赤いゼリー。よく見れば、青のゼリーには小さな赤い点と緑の点が散らばって、上から見るとまるで金魚鉢。水槽の上を走る冷たい風を感じるほどに涼やかな青の水面が美しい。

赤いゼリーは花火だ。濃紺の下地に、パッと散る赤い赤い炎の軌跡《きせき》。

「……綺麗」

民子はゼリーの瓶を光にかざして、うっとりと呟いた。なんて綺麗なんだろう。まるで夏が閉じ込められたようだ。

「すっごい風邪だって聞いたから、走って、走ったのに、民子もう全然元気なんだもん」

「ごめん、連絡し忘れてたみたい」

ゼリーの他には白桃入りのババロアに、懐かしの泡雪《あわゆき》かん。もったりと泡立てられたメレンゲを固めた泡雪かんは、まるでとろけかけの初雪のよう。

静香へのフォローも忘れて、民子は目の前のお菓子に目を輝かせた。

「……すっごく綺麗……」

「一人で張り切っちゃってさ、馬っ鹿みたい」

静香は保冷剤を民子の額にぐっと押しつけた。彼女の頬は膨れているが、目が笑っている。

彼女は民子と目が合うと、口の端をきゅっと上げて微笑んだ。

「……風邪治ってて良かった」

「うん、ありがとう」

ゼリーはまだまだある。フルーツが入ったもの、炭酸の泡が閉じ込められたもの。どれもこれも、夏によく似合う。

一つを手に取って頬に押し当てると、ひんやりとしたゼリーの容器が湿気を払った。

「風邪は治ったけど、最近暑くて夏ばてっぽいから、嬉しい」

「ま、治ってる方が何倍もいいけど……って、ごめん！　なんか落した……」

机の前に腰を下ろした静香の腕に、白い封筒が触れる。それは例の封筒。どこに片づけていいかも分からず、結局机の上にずっと置かれたままになっていた。つるりと机から滑り落ちたそれを静香が拾う。一瞬で彼女の目は、宛名を見た。驚いたように、静香は民子を見上げる。

「あいつの？」

「たぶん」

「家族から？　きたの？」

「ううん。冷蔵庫の下に落ちてるの、見つけたの」

ぶううん、と冷蔵庫が意気揚々とうなる。この手紙を見つけてから、民子の時が一気に流れ始めた。そんな気がする。

静香はしばらくその名前を見たあと、肩をすくめた。

「ほんと……漢字までいっしょ。圭吾って名前の男は大体ろくでなしよね」

「え？」

「あれ？　忘れた？　大昔のあたしの彼氏の名前」

「……あ」

静香は軽い口調だが、その裏にかすかな暗さが見えた。その声に、民子は思い出す。もう、十年以上昔のこと。静香を唯一泣かした男がいた。その名前は、確かにケイゴだった。

静香は長い髪に指を突っ込んで、机に突っ伏す。

「もう、高校時代は全部全部、本当に思い出したくないことばっかり。民子に距離おいてたこととか、元彼のこととか」

まだ高校生の時代、民子と静香の間には距離があった。それはお互いの性格の違いと、学校での立ち位置のせいだ。あの小さな学校の中では、ほんの少しの違いが大きな溝となる。

長らく口もきいていなかった静香が、突然民子の家を訪れたのは高校二年の梅雨の頃。雨にびしょびしょに濡れながら、彼女は泣いて、泣いて、泣いていた。

「男に振られて泣くなんて、今じゃ絶対にしないけどさ」

静香は所在なさげにゼリーを掴んで、そして俯く。

「あのときは、子供だったから」

だから、悲しくてどうしようもなかった静香は散々に荒れたあと、民子の家に押しかけたのである。

「あのとき、民子が何してくれたか覚えてる？」

「……確か」

民子は、蒸し暑い空気を睨んで、息を吸う。喉の奥に、甘いパンの香りが蘇った。

「パン」

「正解」

その夜、祖母の焼いたパンが、ちょうどでき立てだった。

立ち喰いなど絶対に許してくれない祖母に隠れてパンをくすねた民子は、静香にそれを食べさせた。静香に何があったのかなど、民子には分からない。ただ悲しい時におなかが空くと悲しさはぐっと深くなる。だから、悲しい時ほど人は食べなくてはいけない。

民子が掴んだそれは、丸くて甘いお菓子のようなパンだった。

「大泣きしてるのに、民子ったら何も聞かずに隣に立って、パンをちぎって一口ずつ渡してくるでしょ」

静香は唇を尖らせながら笑う。民子も釣られて笑った。静香は昔から、ドーナツでもパンでも、一口ずつにちぎりながらじゃないと、食べられない。

目の前で子供のように泣く静香を見て、思い出したのはそんな些細な癖だった。

民子は十年前を思い出して恥ずかしくなる。

親鳥のように黙々とパンをちぎる民子を見て、静香は泣きながらも驚いたようだ。しかし泣きすぎて声も出ないのか、やはりひな鳥のように欠片を受け取りもくもく食べた。

二人の間に会話はなく、小一時間ほどで静香は無言のまま、帰った。

それから二人の仲が元に戻ったかといえばそうでもない。二人の関係は相変わらず溝を挟んでいたし、会話もなかった。

再び交流が生まれるには、民子の母の葬式まで待たなければならない。

「あたし、いつでも完璧でいようと思ってるの。昔も今も、特に男に関してはね。男で泣いたのは、あれっきり。たぶん、あれはあたしの汚点だから」

高校時代の涙の訳を静香が語ったのは、もう大人になってからのこと。大人になって聞けばわけもない、ただの青い失恋の物語だった。

わがままな女と、薄情な男。高校生時代のすれ違い。よくある話。

「懐かしいねえ」

思いだし、民子は笑った。当時は泣きじゃくる静香を見ておろおろとしたものだ。静香だって心底悲しくて泣いていたはずだ。

それが、たった十年で笑い話になっている。

「そういえば。あたし、馬鹿だから。お礼も言えなかった」

ありがとう、と、呟くように彼女は言った。

静香はゼリーの蓋をゆっくりと撫でる。それは青い空が閉じ込められたような綺麗なゼリーである。


どれくらい、二人は無言だったのか。

「……民子、もしかして晩ごはんたべてた？」

静香の鼻がぴくりと動く。勘の良い彼女の鼻は、匂いを嗅ぎつけたのだろう。民子の部屋には、今とても良い匂いが充満している。

静香の声にはたと気づいたように、民子は慌てて立ち上がった。

「うん、今から食べるところ。ほんとに大したものじゃないけど静香も食べてく？」

そんな風に謙遜してみせるが、民子の口調に自信が満ち溢れる。静香はそんな民子の些細な変化を見逃さない。

美味しいものだ、と直感したのだろう、民子のあとを嬉しそうに付いてくる。

「なに、なに」

「これだよ、とうふごはん」

外はじとじと雨降り、台所も湿気で充満している。そんな中、民子が冷蔵庫から取り出した鍋を見て、静香は目を丸くした。

「なにこれ。冷たい味噌汁？」

いつ、この料理を思いついたのか民子は覚えていない。テレビでやっていたような気もするし、誰かに聞いたのかもしれない。少なくとも実家では食べたことがない。

この料理に大事なのは、丁寧に出汁を取ることだけだ。普段は出汁のもとを愛用する民子だが、この料理を作る時だけは昆布とかつお節をいそいそ取り出すようにしている。

そして、かつて家庭科の授業で習った時のように丁寧に出汁を取る。その出汁にしっかりと、少し濃い目に味噌を溶く。それに大きめに切った豆腐を沈ませる。

「でね、豆腐をぐらぐらになるまでしっかり煮立てるの」

豆腐は煮立てると固くなる。味噌だって、ぐらぐら熱を加えれば香りが飛ぶ。だから絶対だめだと民子の母なら言っただろう。しかし、民子は敢えてその禁忌を犯した。

そうして豆腐の表面が薄く茶色にそまって、濃い味が染み込んだら、それを鍋ごと冷蔵庫できりりと冷やす。

豆腐の芯まで冷たくなれば、それがこの料理の食べ頃だ。

だからこの料理を食べるとき、民子は朝からはりきって作り始める。出社前に、全ての準備を整えておく。

「こうやっておいてね……でね、あったかいご飯をよそってね」

ほかほかの白いご飯を大きな茶碗に盛って、その上に民子は慎重に、味噌汁の中の豆腐だけを取り出して乗せる。できるだけ汁はいれない。できるだけ、豆腐だけ。

あったかいご飯の上に、冷たい味噌味の豆腐。それだけだ。かつぶしも、胡麻も、生姜も、七味も何も乗せない。

上島も色々と乗せてチャレンジしたものだが、結局なにもない無印のとうふごはんに帰って来た。

「はい。召し上がれ」

差し出すと、静香は目を細め、唸り、やがて箸に手を付ける。それを見て、民子も箸を取った。

「いただきまーす」

冷たい豆腐は味噌の味を優しくまとっている。味噌漬け豆腐には出せない、味噌汁を吸い込んだ優しい豆腐の味。

そのひやりとした食感、温かいご飯のほんのりとした甘さが一緒になって溶けていく。

少しだけ固くなった豆腐が冷たくほろほろと崩れるのが、雪のようだった。泡雪かんといい、夏は雪が恋しくなる。

「……色々持って来たのに、それより美味しい。悔しい」

静香は一口食べるなり膨れて、でも食べるのを止めない。結局彼女は二杯もお代わりをする。

静香が食べ終わるのを見計らって、民子は冷たい味噌汁を茶碗にそそぐ。具のない、ただの茶色の味噌汁だ。

「でね、汁の部分はね、あとで飲むの」

冷えた味噌汁は濃厚だ。でも遠くに出汁の味が広がって、やはり涼しい。かつおと昆布、海の記憶を持つ食べ物は、味のどこかに涼やかさを持っている。

「夏ばてとか、風邪引いたあとに美味しいでしょ」

これを鍋いっぱい食べたい、と静香は言って、無心にお代わりをした。

「実はさ、お見舞いなんてただの口実。会社でやなことあって、愚痴を言いにきたんだけど、全部忘れちゃった」

冷たい味噌汁を飲み込んで、静香が照れるように笑う。

「落ち込んでるときに、いっつも民子に慰められる。それも、食べ物で」

「食いしん坊だからね」

「そこよ。民子のいいところはね」

「上島さんも、言ってた」

民子は上島の声を思い出す。思い出そうと思えば、いつでも彼の声は民子の中に響くのだ。その口調も、はにかむような顔も、意地の張り方も、優しさも。静香と上島はよく似ている。

「たぶん、似てるんだと思う。二人は」

「やめてよ。ああもう、せっかく体重少し落ちたのに、また太っちゃうじゃない」

最後の一滴まで味噌汁を飲み干したあと、静香は手土産のゼリーの蓋を開けた。そしてふと、目線を下げる。

静香が見つめていたのは例の封筒だ。

「手紙の中、読んだの？」

ゼリーを片手に持ったまま、静香は宛名をじっくり眺めて民子を見る。

「あんたのことだから中、読んでないでしょ」

透明なスプーンでゼリーをすくい上げて静香は肩をすくめた。

「字がもっと汚くって、冷たい感じならもしかしたら開けたかもしれない」

上島を罵るようなそんな手紙であれば、もしかすると民子は中を開けて読んだかもしれないと思うのだ。そして上島の代わりに怒ることだってしたかもしれない。

しかし、この手紙に書かれた宛名の文字はあまりにも真摯に美しすぎて、民子は中を改める気になれなかった。

「民子の駄目なところはそこよ」

静香はスプーンをくわえただらしない格好で、手紙をつまみあげる。

「美化しすぎなのよ、あいつのこと」

「……」

「読んでいい？」

いいよ、と言う前に静香は封筒の中に指を入れる。真っ赤な爪につままれて、白い便せんがずるりと出た。開かれた。二年近く冷蔵庫の下にあったとは思えない、清廉とした美しさだった。

「……上島、圭吾様」

静香がゆっくりとそこに書かれた文字を読む。民子の中に生まれたのは、罪悪感と好奇心。しばらく葛藤し、結局打ち勝ったのは好奇心だった。

民子はじりじりと静香に近づき、その手の中の便せんを見る。宛名書きと同じ、綺麗な文字が並んでいる。

「元気でいますか、こちらはもう、まもなく冬です。秋の雨が降っています……」

続いたのは、上島を気遣う言葉と近況を伝える言葉だ。その中に、彼の素性を示すものは何一つない。ただ、家を出た親族に宛てるごく一般的な手紙だ。

「ふつうの手紙ねえ……。ん、なになに……例の件は？」

最後まで優しさに彩られた手紙の最後に、追伸、と小さく書かれていた。

「例の件は、今度あなたが帰ってきたら教えます。でも何でそんなことを知りたいの……だって。民子、これなに？」

「なんだろう……」

一つの謎がとければもう一つの謎が生まれる。

上島は、やはり謎の多い男だ。

二人の間に流れるのは、冷蔵庫の唸《うな》るような音と、雨が窓を叩く音だけ。

静香は丁寧に手紙を封筒へと戻した。表面をなでたその指に、彼女なりの優しさがにじむ。

「あたしはあいつ見るたび、いっつも喧嘩腰。まあ最初っから喧嘩ふっかけたから仕方ないんだけど……ちょっとくらい、優しくしてあげれば良かったかもね」

静香は少し切ない目をする。珍しく殊勝な静香を見て民子は吹き出した。

「らしくないよ、静香」

「調子狂うのよ、あいつは。それに……」

ほんの少しあけた窓から、夏の香りが届く。鼻の奥がつんと痛くなるような、湿り気とかすかな酸味を帯びた、それは夏の雨の香り。

雨が降り込む前に、民子は窓を閉める。

「それに？」

「あたし、あいつに悪いこと言っちゃったから。それだけは謝りたかったかな」

「謝りたいこと？」

「中華料理屋で喧嘩したって、前に話したじゃない？　そこであいつに言ったこと」

窓を閉めたせいか、静香の声がよく響く。静香はだらしなく机に肘をついて、ぼんやりと窓を見つめていた。雨が、窓に当たって滝のように流れている。

「どんなこと？」

「つまんないことよ」

「いいから聞かせて」

「でも」

「もう、上島さんに関することは全部知ろうと思ってるんだ」

上島が居なくなって二年。

まだこの温かい思い出の中に浸っていたいと民子は思う。同時に、上島のことをもっと知りたいとも思っている。民子の知らない上島を探るということは、この温かい空気から出ることだ。そろそろ出る時なのではないだろうか。知らない上島を探しに行くときなのではないか。

「……笑わないでよ」

静香は唇をとがらせ、机の上の手紙をつん、とつつく。

「名前のこと。上島としか言わないなんて、何だか偽名みたいで怪しいでしょ？」

静香がつついた文字は圭吾。慣れない、聞き慣れない名前だ。

「だからあの中華屋で、あいつにフルネームを聞いたのよ。そしたら圭吾っていうじゃない？　昔の男思い出して、カッとしちゃって。やっぱり圭吾って名前はろくでなしばっかり。まあ、名前にいちゃもん付けたあたしが悪いんだけど、結局、前も言ったと思うけど、あいつの素性聞き出す前に大喧嘩して……」

「え。まって、静香、上島さんの名前、知ってたの？」

「え、なんで？　え？　民子、知らなかったの？」

はた、と二人は顔を見合わせた。静香の目が大きく見開かれる。

「うん……聞いても、教えてくれなかったから……」

一度だけ、まだ彼がこの家にきて間もない頃。民子は彼に名前を聞いたことがある。一緒に暮らし始めて確か数週間は経っていた。それなのにフルネームも知らないなんて、妙な事だとそう思ったからである。

しかし、彼は民子の質問を「雨の音がすごいな」と、ごまかした。

もしかすると、民子の言葉が聞こえていなかっただけなのかもしれない。それでも彼の「雨の音がすごいな」という言い方がどうしようもなく優しくて、民子はそれ以上追求することはやめた。

「あ……そっか」

「え？」

「たぶん、あいつの誤解」

　ぽかんと口を開けた静香は続いて気まずそうに頭を掻きむしる。

「だから、あいつ、あんなに怒ったんだ」

　そして心底、後悔するように言った。

「あいつが名前言ったあと……史上最悪の元彼と同じ名前だから、二度とその名前を口にするなって……思い出させたくないから民子にも絶対言うなって……あたし、言ったのよね」

　しかし、それを上島は勘違いした。

「たぶん、民子の元彼かなにかと、勘違いしたんだわ。だから、言うか言わないかは俺が決めることだって啖呵《たんか》きって……」

　民子は手にしたゼリーを温くなるほど、強く握り締める。そして、写真を見上げた。上島は、相変わらず笑っている。

「あいつ、きっと、民子が思ってる以上に」

　静香もまた写真を見る。

「……民子のこと好きだったんじゃない？」

そして意地っ張りだ。民子は春の終わりに食べた、名残の春野菜を思い出す。

「言ってくれたら、良かったのにね」

本当に些細なことだ。些細すぎて、民子は胸が苦しくなる。それをごまかすように、皿を重ねて台所に駆けた。

「ああもう。こんな手紙見たせいで、思い出しちゃった」

静香は民子のことなんて気付きもしないように、呑気に伸びなどしている。

「……この雨が終わったら、夏かぁ」

部屋の向こう、静香が呟いたその言葉に、民子にふとある考えが浮かぶ。それは突拍子のないものではあったが、すとんと胸の奥に降りて来る。その胸騒ぎを隠すように民子は窓を見る。

それは、梅雨の終わりの雨だった。


「ただいま、上島さん」

静香を見送ったあと、民子は部屋に飛び込み上島に向かう。手には冷蔵庫から取りだしたばかりの黄色のゼリー。ひまわりのように底にしずむのは、型どりをしたレモンである。

雨曇りする部屋で、ここだけが妙に明るい。

口に入れると、レモンの甘酸っぱさが喉を潤した。

「夏が来るねえ、上島さん」

机の上には、例の封筒が転がっている。持ち上げて、抱きしめる。いつでも物事というのは唐突につながるのだ。

「静香を避けてた上島さん、上島さんを嫌ってた静香に、静香の知ってる上島さん」

窓の外、まだ降り続ける雨を見ながら民子は歌うように呟く。

春が終わり、上島とたった一度しか過ごせなかった季節がまた巡る。

彼と過ごした夏の日差しを思い出しながら、民子は冷たいゼリーを喉の奥に流し込んだ。

たみさんのおにぎり

確か、今年の夏は暑くなる予報が出ていた。それを証拠に、夜になっても気温が落ちない。昼間に熱せられた太陽の残り香が、じわじわと民子の体を包み込む。

きっと予報通り、温度が上がって、暑い夏になるんだろうと民子は思う。

「あつい、あつい」

額に浮かんだ汗を腕で拭いながら、民子はようやくたどりついたアパートを見上げて部屋へと駆け上がっていく。

両手に食い込むくらいの重い重い荷物。それを玄関に放り出して、何はともあれまっすぐに棚へと向かった。

棚の上、微笑んでいる上島の前に立つ。癖であり、儀式であり、民子の大事なその瞬間。

「……ただいま、上島さん」

ほどよく日に焼けた彼が、写真の中で楽しそうに微笑んでいる。

民子は写真を見つめた。毎日眺めている写真だが、不思議と飽きることがない。見れば見るほど発見がある。こんなに小さな写真なのに、と民子は苦笑した。

「あのね、上島さん。今日はね」

口をあけるとふと鼻先に、土の香りと太陽の香りがよみがえる。耳に木立の音がよみがえる。口の中に、冷たい麦茶の味がよみがえる。

「怒らないで聞いてね。今日ね、上島さんのね」

そして優しい女性の声が、顔が、動きが、よみがえる。どこか上島に似ている……笑顔が似ている。民子の愛した、はじけるような眩しい笑顔。

「上島さんの、お家に行ったんだよ」

それは、久々の遠出だった。


日頃、民子はそれほど活発な方ではないし、旅行などに行くのも苦手である。つまりは、日常が崩れるのが嫌なのだ。

静香などは、たとえそれが海外だって思い立てばいつでも出かけるが、民子は隣の県へ行くだけでもたっぷり十日は考え込む。

結局のところ、家が好きなのである。家とは巣である、と、民子は思っている。

しかし年に一回、民子は必ず重い腰をあげて旅に出る。毎年この時期の土日。かつての実家に向かうのだ。その場所はアパートから電車と新幹線を乗り継いでおよそ一時間弱。目的は墓参りだ。民子の実家は七月に盆を迎える。

父も母も祖母も逝った。兄弟はいない。親戚とは縁遠い。だから、墓を守るのは残された民子の役目だ。

民子の実家があったその場所近くに、彼らの墓はある。墓の隣にはまるで太陽のようなノウゼンカズラが植えられて、無機質な灰色の墓にオレンジ色の影を落としていた。

ここに花が咲いたのは偶然だ。しかし天に向かってきりりと咲き誇るノウゼンカズラは母や祖母によく似ている。その華やかな色は、父の好んだネクタイの色によく似ている。

花火のような彼岸花よりも、燃えるようなノウゼンカズラで良かったと民子は毎年思う。

今年も墓参りの計画を立てる民子は、ある夜、恭しく地図を広げた。

まずは指先で上島の実家を指す。続いてページを何枚もめくって民子の実家を指さした。

「ここから……こう」

この地図を買ってからというもの、民子は上島の住所のあたりを何度も何度も呆れるほどに見つめ続けた。幾度も触れて、なでて、そのページにはいくつもの折り跡が残るほど。

しかし、ある日気がついてしまったのだ。それは巻末にある大きな日本地図を広げたときのこと。

民子が今住む場所と上島の家は、地図の縮尺ではかるとおよそ二百キロ。その数字の大きさに民子はぎょっとするが、しかしよく地図を眺めてみれば、二つの場所をつなぐように電車の線が走っている。

それに気がついたとたん、民子の胸が躍った。音をたてないように赤ペンを取り出して、上島の地元を走る電車に丸を付けた。そこから線路の上を赤で辿る。終着駅は、民子の住む町の駅。そして時刻表で、電車の乗り継ぎを確認した。そして、知ったのだ。

（上島さんの実家まで、電車で二時間もかからないんだ）

広げた地図は、くっきりと赤い線が残っている。

何度も地図を見たおかげで、上島の実家のあたりはすっかり頭に入っている。地名も、その字名さえも。

驚きと興奮に、民子はその夜眠れなかった。遠い存在だと思っていた上島が、すぐ側に、手に届くところにあった。それが民子を驚かせる。

それでもまだ、上島の家に出向こうなど大それた勇気は持っていなかった。彼が暮らしたのはどんな場所なのか、どんな風景なのか、どんな天気でどんな空気なのか。想像の中で遊ぶだけでじゅうぶん楽しかったのだ。

そんな民子を決意させたのは、静香の漏らした呟き。「この雨が終わったら、もう夏か」そんな些細な一言だった。

夏になれば民子は年に一度の大旅行、墓参りに向かう。墓のある故郷は、今住んでいる家よりもう少しだけ上島の実家に近くなる。

だから、今年の帰省計画を立てる民子は、再び地図を開いたのだ。巻末の日本地図、上島の実家への道は、指の関節一つ分、近くなった。

電車の道のりも、ほんの少し、近くなった。

それを見たとき思ったのだ。

上島に会いに行ける。

そして出発の日、民子は両手に荷物を掴むなり逃げるように家を飛び出した。

ひどい背徳感だ。悪いことをしている。そんな気がして、どうしても上島の写真に向かい合う勇気は無かったのである。


そさくさと実家の墓参りをすませた民子は、実家の近くで一泊だけした。そして翌朝早く、電車の旅を始めた。

恐ろしく時間がかかると思っていた旅程だが、それはあっけない。驚くほどあっさりと、上島の実家に繋がる電車を乗り継いでいた。

日本は案外狭いのだな、と、古びたホームで電車を待ちながら民子はぼんやりと思う。

ちょうどホームに滑り込んできた一両編成の電車は全体が緑色で、動きはご老体のよう。がたん、ごとん、がたん、と定期的に揺れる音に、遠く蝉の声が混じる。窓の向こうには田圃が広がり、遠くの空には白い入道雲が広がっている。

乗客は民子と、あとは数えるばかり。彼らは近くの住民なのか、みんな小さな荷物を膝にのせたまま居眠りなどしている。

そんな客たちを乗せてゆったりと電車はすすみ、やがて小さな駅にたどり着く。

この駅に降りたのは民子だけだ。民子を残して電車は線路を真っ直ぐに進んでいく。

あの狭い車両に乗っていた数人の人々は、どこへ向かうんだろう。民子は額に浮かんだ汗を拭いながら思う。

そして彼ら彼女らは、大きな荷物を持つ民子を見てどう思っただろうか。帰省とでも思ったのかもしれない。

（……田舎の、駅だなあ）

赤さびたレールの横、夏草が揺れるのが、なぜだか不思議と懐かしかった。

民子の暮らした街にこんな風景はなかった。それなのにどこかで見たことのあるような、そんな気がする。

単線の駅のホームにあるのは木のベンチと、自動販売機。振り返れば、そこにそびえ立つのは青い山。そっとホームの端に身を寄せてその山を眺めると、涼しい風が吹いた。

夏の山は不思議と青い。山から吹き降りる風も青い。

手を伸ばせば白い日差しが民子の肌に吸い込まれる。大地に生まれた影は濃い。

聞こえるのは、蝉の声と風の音。線路沿いの家から漏れる、野球の音。まるで波のように歓声が響く。

上島はここを何度通ったのだろうと民子は思った。風の抜ける夏のホームは意外に涼しい。

上島はこのベンチに座り、一時間に一本の電車を待ったのか。その自動販売機でジュースを買ったことだってあったかもしれない。駅の後ろに広がる青い山は何という名前なのか、上島ならきっと知っていただろう。

駅から見える古びた町には、数十年も時が止まったような商店がいくつも並ぶ。赤さびの浮き上がった外灯に、屋根の壊れた駐輪場。その向こうに見えるのは、夏の風に揺れる田んぼの稲穂。どれも民子は初めて見る風景ばかり。しかし、上島の記憶にはあるものたち。かつてここに上島が存在していたという事実が、民子の胸を震わせる。

目をこらしても、上島の姿は見えないけれど。

民子はホームの隅で地図を広げる。赤い線で繋がる線路、塗りつぶされた駅、その駅から山へ向かっていく道の途中に大きな赤い丸がある。

（いけないことをしてる）

民子はふいに、そんなことを思った。居なくなった人のことを探るような真似は美しい行為ではない。卑しい行為だ。死んだ祖母は、母はなんと言って民子を叱るだろう。気難しい父は、眉を寄せるに違いない。

（……上島さん、絶対、良い気分しない）

途端に勇気が崩れた。先ほどまで鮮やかに見えた山の色も、土の色もくすんで見える。しかしせっかくここまで来たのだ、と勇気を奮うまで数十分。自動販売機で普段飲まないラムネ味のソーダを買って、一気にあおる。冷たく喉に染みるその感覚は現実のものだ。それは、上島がなけなしの金で買ったラムネと同じ味がする。

ここは、民子の住む家ではない。上島の土地だ。

そう思うと、力が湧いた。

「……よし」

突如、空を覆い始めた雨雲にせかされるように、民子は駅から飛び出した。

実際のところ民子は別に上島の実家を訪問するつもりなどはなかった。最寄り駅を見て、彼の住んだ町を目にするだけでよかったのだ。駅から折り返してもよかったのである。

しかし、ついついあと少し、あと少しだけと夢中になった。この道も、この信号も、この自動販売機も、全て上島を知っているのだと思うと愛おしくなり、足が止まらなくなった。もっと見たい、この風景を全て見たい。

民子は地図を持ったまま上島の実家の方面へと向かう。大きな国道を折れると、山につながる細い道が現れた。

ゆるやかな山道の両端には、木立。最初は舗装されていた道だが、そのうち土の道だけになる。車も人も通らない、ただひたすらにまっすぐの道。

雲が増えて日差しは消えたが、道は明るい。進むうちに冗談のように急な坂道に変わっていく。振り返ると、山道の下に、町並みがかわいらしく広がっている。

ここまでくれば引き返せない。必死に歩いていると、ふと目の前に女性が現れた。それは駅を出て、初めて見た人間である。

彼女は道の横にある家から、唐突に現れた。大地に水をまいていたのだろう。バケツを両手に抱えたまま、驚いたように目を見開いて民子を見ていた。

年齢は六十を越えているくらいだが、彼女に老いの空気はない。柔らかい生成りの麻の服と、綺麗に入った顔のしわ。髪は清潔に切りそろえられ、顎のあたりで揺れている。

民子も歩きながらぼんやりとその人を見上げた。

彼女は山道を必死にあがる民子に親しく声をかける。

「もうすぐ雨が降るわよ、気をつけて」

その声が民子の何かを刺激した。柔らかく、暖かい声だ。にこりと笑ったその顔と、その唇の角度を民子は覚えている。目が円を描く。柔らかいその角度を知っている。

「……上島さん」

名を呼ぶと、彼女は驚いたように目を見開き、そして満面の笑みを浮かべた。

まるで踊るように、道を駆け下りてくる。躊躇なく、手を掴まれた。

「あなた、もしかして民子さん？」

やはりそれは、上島の笑みだった。


想像通り、通り雨が大地を叩いたのはその十分後。女性が民子を道外れにある家へと招き入れた途端に降り出した。

「よかった。ぎりぎりセーフね」

彼女は、たみと名乗った。それは上島の手紙の裏に書かれていた名であった。

上島の叔母であると彼女は言う。想像していたよりも都会的で、若々しい、明るい女性である。なるほど、あの真摯な文字は彼女の手癖に違いない。

「この道の先には、もう家がないの。だからあなたが上がってくるのが見えたとき、うちのお客様か迷子かどっちかだと思ったのよ」

彼女は慌ただしく窓を閉めながら言った。間一髪、閉めた窓に大粒の雨が当たって垂れるのが見えた。

民子は通された居間の隅に立つ。歩き疲れた足の裏に、拭き清められた畳の感触が心地いい。田舎らしい広い居間には、木の机と小さなテレビ、そして小さな仏壇だけが置かれている。土の香りがするのは、窓の隙間から湿気とともに運ばれてくるせいだろう。

「でも私にこんなかわいいお客さんの覚えはないし、だから誰かしらって思ったの」

たみは大きなコップに麦茶をそそいで民子の前に出す。氷をたっぷり入れたコップはすでにひんやり汗をかいている。手に持つと、滴が指を心地良く冷やした。

しっかり煮出した麦茶は甘い味がする。麦の持つ甘みだ。思った以上に喉が渇いていたらしい。体内を水分が通り抜けていくと、一気に汗がにじんだ。

「おいしい……です」

「よかった」

ふわ、と彼女がまた笑う。上島の顔で。

「あの……なんで私の名前……」

「声を聞いて分かった。想像してた通りの声。あの子が言った通り」

「上島さんが？」

たみはそっと、振り返る。そこには小さな仏壇がある。誰のものか聞くまでもない。民子は一度顔を伏せたが、唇を噛みしめてもう一度あげた。

小さな四角い茶色の仏壇。その中に小さな位牌がふたつ、見える。

「あの子は言わなかったかもしれないけど……あの子を育てたのは私なの」

上島には、母は居ないのだと固い口調で彼女は言う。その裏には、重い悲しみと複雑な歴史があるのだろう。民子はコップを両手で掴んだまま、息を止める。

「私の父と兄……あの子にとって、祖父と父親ね。それはもう恐ろしい人で……でも悪い人じゃないのよ。ただ生き方が、真四角過ぎたの。でも、あの子の生き方は丸いでしょ」

民子は幾度もうなずいた。四角い箱なんかには、収まらない男だった。押さえつけられればするりと抜ける。

民子はふと、上島を迎えに来た男を思い出す。ひどく冷たく恐ろしいあの顔、あれは上島の父か祖父。どちらかだったのだろう。

「それに反発して、あの子は家を出て、もう半年以上、連絡がなくて。諦めていたころに……ああ、お茶が空っぽ。ごめんなさい、気付かなくて」

たみは民子のコップになみなみと麦茶を注ぎながら、言葉を続けた。

癖なのか、横髪を細い指でかきあげる様子が涼しげだった。

「……諦めてたころにね。あの子から連絡がきたのよ。お世話になっている人がいるって」

麦茶を自分のコップにも注ぎながら、たみは笑った。先ほどまでの重苦しい空気が一変する。

「癖のある髪型や口元にある可愛いほくろ、吊り目だけど、なぜか泣きそうな目だってこと、手と爪が小さくって、目がいつもぱちぱちしてるってこと」

民子は麦茶を持つ自分の手を見た。爪が小さく、まるでシジミみたい、とずっと思っていた爪。

「お料理が上手で特にカレーがすごくおいしいこと。海にあこがれてること、柏餅を食べたことがないってこと、すごく優しいお友達がいて、すごく厳格なおばあさまに育てられて」

そして、祖母も同じ爪だった。この爪を持つ人は料理が上手なのです、と祖母はかつて言っていた。

「すごく優しくて、すごくすてきな民子さんのこと」

民子、その発音は上島と同じだ。民子は目を見開く。何かを言おうとして、しかし言葉が出なかった。ただ、声もなく、頷いた。

「あの子はこれだけ一気にしゃべったの。あなたのことだけね。だから、言ったの。とにかくその人に御礼を言いたいから、一度お話させて、って……でもねえ、あの子言うのよ」

たみは仏壇を優しい目で見た。

「まだ、民子さんには自分のことを何も言ってないから、少し待って欲しいって……でもここにあなたが来たっていうことは、ちゃんとあの子、住所を言い残していたのね」

「あ。違うんです。手紙……」

民子は麦茶の塊を飲み込んで、震える舌で何とか紡ぐ。そして鞄の奥の封筒を取り出して恭しくたみに差し出す。

「ついこの間、これを見つけて、そこに住所があって……」

驚いたように目を丸めるたみだが、やがて震える指で封筒を受け取る。

「ごめんなさい。中を読んでしまいました」

「あの子ね、手紙なんていつもボロボロに開けるのよ。綺麗に開けた試しなんてないの」

たみは笑いを堪えるようにその切り口を撫でた。

「なのに、こんなに綺麗に開けて」

ふと彼女の綺麗な目の端に涙が浮かんだ。それをさり気なく拭うと、たみは民子に笑いかける。

「そう、これを見て、来てくれたのね」

「……はい」

「奇跡がおきて、よかった」

たみは窓の外を見た。雲は黒く厚く、雨の粒は巨大だ。まるで滝のように、窓が雨で無茶苦茶になっている。蒸し暑さは去り、むしろ寒いほどだった。

「ここは山ばかりでしょ、雨も風も雷も雪も全部大げさなくらい」

たみは呟くように、言った。

「私、雨女なんです」

民子もつられて、呟くように言う。それを聞いて、たみは嬉しそうにからからと笑った。

「あら。私もそうなのよ。名前が似ると、こんなところまで似るのかしら。仕方ないわね、雨女が二人もいちゃ、雨が降るのは」

かつて上島も同じ風景を見たに違いない。民子の座る、まさにこの場に座って。

民子はそっと畳をなぞる。古い畳だが、清潔だ。触れるとひやりと心地がいい。い草が記憶を持つはずもないが。もしかするとかつてここで上島が寝ころんだかもしれない。寝ころんで、この天井を見上げて、窓の外を見るのだ。

夏の青空を、秋の鱗雲を、春の嵐に、冬の雪雲を。

「私、上島さんのこと、何にも知らなかったんです」

ふと、民子は呟いた。

「私が知ってるのは、上島さんの好きな食べ物のことばっかり。でも、それでいいんじゃないかって、ずっとそう思ってて」

たみは、まっすぐな目で民子を見つめる。

「本当はここに来るのも、迷ってたんです。でも」

「でも？」

「来てよかった。上島さんは、やっぱり上島さんだったんだなって」

家は記憶を持つ。この家は、上島の記憶を持つ家だ。

「あの子ね、この家を飛び出したときに夢なんてなかったの。ずっと親に押さえつけられて育ったから、夢なんて持てなかったのね。ただ、この家から逃げただけ。具体的な夢も、目標も何もなく……ただ、人を幸せにしたいって、それだけを言ってた」

　たみは、もう一つのコップに麦茶を注いで仏壇に置く。そして笑いをこらえるように民子を見た。

「なのに、あの電話では料理人になりたいって、言ったのよ。夢なんて、ずっとなかったあの子が」

「料理人？」

「そう。民子さんのご飯を食べてからね。料理って人を幸せにするんだーなんて、らしくないこと言って。だから料理人になるんだって。おにぎり一つ、まともに握れないのに。だから、ちゃんと、自立できるまで……民子さんには、この家のことも家を出た理由も、何も話せないんだって、あの子、ああ見えて父や兄に似てるところもあったの。頑固なのね」

　民子は思い出す。野菜炒めをぐずぐずにした上島を、鍋を焦がした上島を、ただただ、民子の料理を美味しいと言ってくれた上島のことを。

「私、上島さんのこと、ずっとミュージシャンだって思ってました」

「あんなに音痴なのに？」

「だから、売れないミュージシャンだって。そう思ってて」

民子とたみは顔を合わせ、同時に吹き出した。

「……あの子に民子さんの名前を聞いたとき、私の名前に似てるから、どんな子だろうってずっと思ってたの。それでさっき。あなたを見たとき、ぜったい民子さんだと思った。あの子が好きになりそうな子だったから」

たみは、机にできた麦茶の滴を指でのばす。そして照れたように民子の顔を覗き込む。

「来てくれて、ありがとう」

はた、と音がやんだ。顔を上げるより早く、唐突に蝉が鳴き始める。それは大合唱と言ってもいい声だ。じわじわ、じゅうじゅう様々な音が一斉に響く。

外を見れば雨が上がっている。晴天を待ち望んだ蝉が、一斉に鳴き始めたのだ。

唐突に降って、唐突に止む。まるで上島のようである。

「雨、あがりました」

「ほんと、一気に晴れたわねえ」

雲一つない七月の盆の空。夏の始まりは、いつだって空気が青い。

「民子さんがここに来たって、あの子が気づいたのね。それはもう、見事な晴れ男だったから」

たみが笑って、立ち上がった。

「そうだ。お墓参りをしてもらえないかしら。お墓は山の上だけど、ここから近いのよ……その前に、仏壇にも線香をあげていってね。あ、そうそう、その前にお昼ごはん、簡単に作るわ。食べてから行きましょう。だめね、嬉しくって、そわそわしちゃう」

たみは立ち上がり、台所に向かう。手伝います、と追いかけながら民子はふと思い出す。

「そういえば、手紙に」

机に置かれた封筒を見て思い出したのだ。追伸に書かれていた一言。例の件を帰ったら教える……。

「例の件って」

「ああ。あれね。妙なのよ、あの子。電話で、おにぎりの握り方を教えてくれって、そう言ったの」

「おにぎり？」

古く大きな炊飯器のふたを開けながら、たみは首を傾げる。

「そう。やっぱりお米は東北とか、米所で買ってきたものを握った方がおいしいのかとか、炊飯器はやっぱり高い方が美味しいのかとか、鍋で炊いた米の方が美味しいのか……とか」

たみはくすくすと笑う。

「作るのはいいけど、火傷に気をつけなさいとは言ったんだけど、でも握り方までは電話では伝えられないし、じゃあ今度帰った時にでもって……結局、教えることはできなかったけどね」

湯気を浴びながら彼女は、しゃもじで米を切る。そして思い立ったように、手に水をつけ、塩をなすりつける。

「まあ私もそんなに上手じゃないのよ。でも、久しぶりの電話でそんなこと聞くなんて、変よね。せっかくだから、おにぎりでも作りましょうか」

あつあつの米粒をたっぷり手の上に乗せて、たみは軽快に握る。何度かころがしてやがて照れたように笑った。

「ほら、へたくそでしょ？　慣れたのは、この温度だけね。最初は火傷してたけど、皮が厚くなったみたい」

「……美味しそうです」

たみのおにぎりは丸くて大きい。民子の作るおにぎりは、角が立った三角だ。しかし、田舎の家で食べるなら、こんな大きくて丸い方がきっと美味しいに違いない、民子はそう思う。

「まずはお仏壇にあげましょう」

あけた窓から、ひやりとした雨上がりの風が吹き込む。そして、揺れる線香の香りが鼻に届く。

雨上がりの大地は光を受けて眩しい。草も木々も、全てが等しく濡れている。太陽の光が、それを一気に輝かせる。

　全てが洗い流されたようだ。叩きつけるような雨が、風が、全てを綺麗に洗い上げた。窓の外に広がるのは、生まれ変わったように輝く大地と空だ。

　いつか上島が言っていた。「雨が降ったあとは、全部洗い流したみたいに綺麗になる」その言葉を民子は思い出す。

　一匹の蝉が雨の滴をはじき飛ばして一直線に飛んだ。

「蝉の声は、死んだ人の声ってね。このあたりでは言うの。都会の人からしたら、馬鹿らしいかもしれないけど」

　たみは民子の手を引いて仏壇の前に座らせる。

　仏壇には、大きなおにぎりが一つ。それは奇妙だが、上島にはよく似合う。

「じゃあ、上島さんの声も」

「あるかもしれないわねえ。あの一番うるさいのが、きっとそう」

　会いたいなどと我が侭は言わない。ただ、上島の声を聞きたい。民子はふいに、そう思った。

「……ああ、もう、夜だ」

　蝉の声も涼しい田舎の風も、古い電車ががたごと揺れる音も何もかもこの部屋ではすべてが遠い。

夕方前、たみに別れを告げた民子は、一時間に一本の電車に飛び乗った。

電車は一つ乗り換えるたびに人が増えていき、それに反して田舎の空気は薄れていった。

夕暮れの色が消えすっかり暗くなった頃、民子はようやく地元の駅にたどり着いた。

重い荷物を放り投げ、上島に挨拶をしたその直後、民子は様々な思い出に潰されるように地面にへたり込んでしまったのだ。

それから十分か、三十分か、それとも一時間経っただろうか。眠っていたわけではない。ただ、思い出していた。

同じ姿勢で座り続けていたせいで、足がじんわりと痺れている。

「……何時だろ……」

ふと民子は顔を上げた。

時刻は気がつけばとうに、日をまたいでいた。

荷物は放り投げたまま。電気もつけず、エアコンもつけず、蒸し暑い部屋の中でただぼんやりと座り込んでいたのである。

上島の実家は、古いが心地のよい空気だった。まるで夢の中のようだった。

家に戻れば、現実に引き戻される。

上島の写真はもちろん、周囲を見れば何も変わらない日常の、家の中。

ただ民子の記憶の上には上島の実家が刷り込まれた。今後、夕立の日、麦茶を飲むとき、蝉の声で、様々なきっかけで、民子は上島の実家や、たみの姿を思い出す。

それは幸せな記憶の上書きである。

「おなか、すいたなあ」

ふと空腹を覚えて民子はつぶやく。今日は昼にたみと一緒にご飯を食べてから、なにも食べていない。

大きなおにぎり、川魚の煮付けに、山菜の佃煮。綺麗な色の卵焼き。思い出すと腹がぎゅうぎゅうと泣いた。

「あ、おにぎり」

荷物を漁っていると、ふと目の隅に青い固まりが飛び込んでくる。

「おにぎりがあったんだ」

帰ろうとする民子に、たみは竹の皮にくるまれたおにぎりを二つ渡してくれたのだ。山椒を佃煮にして入れてるのと、嬉しそうに彼女は言った。

のりもない、ただただ真っ白で大きなおにぎり。まるで昔話のおにぎりみたいだ、と民子は思った。

ありがたく頂戴したが、結局帰りの電車の中では眠ってしまい食べることができなかった。

竹の皮にくるまれた大きな固まりをそっと机の上に置く。鼻を近づけるとかすかに木の香りがする。山の中で作られたおにぎりにふさわしい、青い香りだ。

竹の皮なんて古くさいでしょうと、たみは何度も言った。でも、こうすると腐りにくい。それに「あの子が出て行く日も、同じものを作って渡したの」と、たみは懐かしむように言ったのだ。

「上島さん、おにぎりだよ。たみさんの、おにぎり」

民子は包みを解いて、そっと持ち上げる。真っ白なおにぎりが、暗い部屋の中でぱっと輝きを帯びたようだ。

「……いただきます」

大きく口をあける。米を噛みしめると、堅くむすばれた米の固まりがほろりとほどけた。固めに炊かれた米はべたつかない。口の中で優しく解ける。

米は冷えると甘みが濃縮する。塩の味の向こう側、甘い甘い味がする。優しい味だった。人の結んだ味だった。

食べ進めると、甘く炊かれた山椒があらわれる。ぐっと甘いのに、はじけるとしびれる。おいしい、と民子はつぶやく。あっという間に一つを平らげて、もう一つに手を伸ばす。

やはり、山椒には冷たいご飯がよく似合う。

冷たさで、刺激を優しく包み込む。

「……」

上島もかつて、このおにぎりを食べたのだ。家を出て行くとき、彼はどこでこれを食べたのだろう。駅か、町に出てからか、電車の中か。

人の手で結ばれたおにぎりは、どの食べ物よりも情が深いように思われた。

「おにぎり……上島さんの作りたかった、おにぎり」

民子の頭の中に、様々な風景が浮かんでは消えた。思い出したのは彼と過ごした風景だ。出会ったきっかけは民子のおにぎりだった。美味しいと顔を輝かせた上島を覚えている。

その後、彼と暮らすうちに奇妙なことが幾度かあった。喧嘩の原因になった消えた米、焦がした鍋、妙なまでに炊飯器にこだわったこと、両手に火傷を負っていた、その理由。

「そっか、上島さんは、私に」

いろいろな過去が、民子の中によみがえった。

「おにぎりを作ろうと思ったんだ」

写真を見ても上島は何も答えない。野菜炒めさえべちゃべちゃにしてしまう上島が、民子におにぎりを作ろうとした……それは、上島らしい動機である。

五キロの米を使って、必死に練習したのだろう。あの米は、全て民子のために、民子を思って消えたのだ。

「上島さん、おにぎりは、こう……作るんだよ」

写真に向かって、民子は手をさし出す。そして、その手でおにぎりを結ぶような動作を繰り返す。

民子の小さな手で結ばれるおにぎりは、角が立って三角だ。それは厳格な祖母と、神経質な母から受け継いだ作り方。

一方、たみのおにぎりは大きくて、米粒がいくつも飛び出した素朴な形だ。

「でも私の三角のおにぎりより、たみさんの、この丸い方がずっと美味しい」

二つ目のおにぎりを噛みしめた瞬間、唐突に民子の目から涙が溢れ落ちる。

まるで堰《せき》を切ったように、ほろほろと涙がこぼれ落ちる。嗚咽を堪えようとすると、却《かえ》って涙が溢れる。大粒の涙が頬を伝わり、指に滴る。

喉の奥がぎゅっとつまり、鼻の奥がつんと痛む。それでも涙は止まらない。

おにぎりを噛みしめる口から、呻くような嗚咽が漏れた。まるで獣のようなうめき声。

……上島は、死んだのだ。

居なくなったのではない。死んだのだ。最初から分かっていたはずだ。上島が死んだと連絡を受けたとき、民子が最初に病院に駆けつけたのだ。医師から看護師から、誰の口からも彼は死んだと伝えられた。実際に、冷たくなった彼の身体に触れた。もう二度と、笑わない顔を見た。

しかしどこかでおそらく、それを信じていない民子もいた。一度だけ大泣きをして、それからもう泣くまいと誓った。それ以来、彼の死をどこかで避けていた。

ここ一年、民子はゆっくりと彼の温かい思い出に浸っているだけで幸福だった。

しかし、上島は死んだ。彼の眠る墓は、山頂の太陽に近い場所にあった。近くにノウゼンカズラは無かったが、代わりに大きなひまわりの花が咲いていた。

そこに、三人の名前があった。上島に厳しかった祖父は先に亡くなり、父も上島の死の半年後に逝ったと、たみは寂しそうに語った。上島の父は葬儀の時に初めて泣いたとたみは言う。

墓に刻まれた享年の文字を見た瞬間、民子の胸が音を立てた。そこに刻まれた年齢は二十八歳。民子と同じものである。

年齢より、幼く見えるでしょ。それを気にしてたのよ。と、たみは叔母の顔で笑った。

ああ見えて、意地っ張りで、恥ずかしがり屋で、頑固で、プライドが高い。民子は、上島が死んでから彼の色々なことを知った。

「……上島さん……上島さん……」

震える声で名を呼んだ。当然だ。返事はない。泣きながら名を呼びながら、それでも必死におにぎりを貪る民子はさぞ奇妙なのだろうと思うと、泣けて、笑える。

咀嚼された米粒は涙と一緒になって民子の体の中に流れ落ちていく。

「食べたかったなあ、上島さんのおにぎりも」

たぶん、誰よりも不格好で誰よりも大きくて、そして美味しかったに違いない。どんなぶさいくなおにぎりでも、食べてみたかったと、二度と食べることのできないその味を民子は想像する。

噛みしめたおにぎりは、塩と米と竹と涙と、そして降り注ぐ太陽の味がした。

山椒チーズトースト

ちゅんちゅんと、雀の声が聞こえる。夏の日差しが顔を撫でる。夏の朝の予感に、民子はふと目を覚ました。

ぬるい風が、窓からそよそよと吹いている。窓の外は、もうすっかり明るい。

「あっ！　目覚まし」

飛び起きて壁の時計を見る。しかし、そこに示されていた時刻はいつもより一時間も早い……まだ六時前である。

それを見て、民子は再び床にへたり込む。

昨夜は泣き疲れ、そのまま崩れるように床に寝落ちてしまったのだ。

風呂から上がった姿のまま、まるで行き倒れのように倒れ込んで眠った。旅の疲れもあったろう。泣き疲れたのもある。おかげで、目覚ましをかけることさえ忘れていた。

昨日までの非日常は終わった。今日からまた日常だ。

月曜日が始まるのである。

「……ああ、目が重い」

民子は涙が乾いて固くなった瞼《まぶた》をこする。

泣いて眠った日は、寝起きが重い。顔も頭も、ぼんやりと重い。

それを振り払うように鏡をのぞき込むと、そこには目を真っ赤に腫らした民子がいる。

「へんなかおー」

あまりの凄惨《せいさん》さに、民子は思わず吹き出す。目の下がまるでクマのように赤い。目も真っ赤だし、頬のあたりにはまだ涙のあとがある。そのくせ、妙にすっきりとした顔をしているのである。

「見て見て上島さん、変な顔だよ」

棚に駆け寄って、上島に声をかける。彼の笑顔を見ると安堵する。

棚の上に顎を乗せて民子もつられて笑う。

「……おはよう、上島さん」

いつもは慌ただしく出社する民子だが、今日は妙に時間がある。軽くシャワーを浴びてもまだ余裕だ。化粧をして着替える。そして、冷蔵庫を開けた。

ひやっと冷たい風が民子の足を撫でる。一時期は電気が落とされた冷蔵庫も無事に電気が繋がって、夏の暑さにも負けずはりきって仕事をこなしてくれる。

かがみ込むように冷蔵庫を覗けば、そこは寂しいものである。

「……ヨーグルトも冷凍のご飯もなし、山椒の佃煮……あり。でもご飯炊く時間はないし」

ここ一週間ほど、考えることといえば旅行のことばかり。朝御飯の用意をすっかり忘れている。無いとなると胃が反抗を始めた。ぐうぐうと、嫌になるほど激しく鳴る。

諦め切れず冷凍庫を開けると、そこには一枚の食パンと、チーズがあった。

「あ。あった」

自分、えらい、と民子は自分を思わず褒める。余った食パンとチーズをちょうど一セット、冷凍していたのである。

民子はいそいそとパンを解凍する。

レンジでほんの、数十秒。それだけでいい。それ以上だと、硬くなる。

ふんわり柔らかくなった食パンの上に、バターを塗ったその直後。ふと思い立って自作の山椒の佃煮を散らす。

「主食には、たぶん合うと思うんだよね」

パンの上に乗せられた山椒の黒い粒は、どこか不安そうだ。だいじょうぶだいじょうぶ、と心の中で声をかけ、その上からチーズを散らす。

続いてオーブンでじっくり焼くと、熱に焦らされチーズがふつふつと泡立つ。食パンの隅っこがカリリと焼ける。茶色に染まるまでじっくりと焼き上げて、あつあつのところを一口噛みしめた。

「あつっ」

ふつふつと熱を持ったチーズが口の端に当たる。火傷をしそうなほど熱いそれに耐えて噛みしめる。すると、チーズの甘さの向こうに、ぴりりと痺れる甘みがある。

「……やっぱり美味しい」

バターの濃厚な味わいと、チーズの甘い味わい。その間に挟まった、ぴりりと痺れる甘じょっぱい山椒の佃煮。一見不釣り合いなのに、口の中に入れると不思議とうまくまとまった。噛めば噛むほど甘い。

食べ終わると、額に汗が浮かんでいた。拭って、冷たい牛乳を一気に煽る。

冷たさが喉を伝わるのが気持ちいい。

「ところで上島さん、あの五キロの米は、全部炊いて、おにぎりにして、失敗して……食べちゃったの？」

ふと、一週間で消費された米のことを思い出して民子は含み笑いをする。

「だから、あのあと上島さんはずっとパンばっかり食べてたんだ」

一昨年のゴールデンウイークから夏にかけて、上島はやけにパンや麺を食べたがった。一週間で五キロも消費したのだ。もう米を見るのも嫌になっていたに違いない。

「……あっ。いけない。出なきゃ」

時計を見ると、ちょうど出社の時刻である。民子はまだ腫れぼったい顔を、両手で包み込む。まだ口の中は山椒で、ひりりと痛い。

しかしその痛さが暑さを吹き飛ばすような気がするのだ。

荷物を手に玄関に駆け出しかけた民子だが、慌てて部屋に駆け戻る。

「上島さん」

満面の笑みを浮かべる彼の写真に向かって、一言。手を伸ばし、彼の顔を撫でる。光沢のある手触りが、指の先に伝わる。

「上島さん。また、夜にね」

今日は、昨日から続く毎日の連続の一日だ。

しかし連続の中にも毎日、思い出が重なっていく、些細な思い出、食べ物の思い出、顔の、声の、笑顔の、季節の思い出。

振り返れば思い出がある。たった一年だが上島の思い出も、そこにある。それが、民子にとっては何より嬉しい。

「いってきます」

手を振って、玄関へと駆け出して行く。飛び出した外は、真夏の白い日差し。

今日も暑くなる。光に手をかざし、民子は目を細める。

遠く、どこかで蝉の鳴き声が聞こえた。

門出のソース焼きそば

引っ越しが楽しいと思えたのは、ほんの小さな子供の頃だけである。

民子は幼い頃、父の転勤につきあって引っ越しをしたことがある。

といっても幼い頃の民子はただ非日常の雰囲気に浸り、はしゃいでいただけだ。だんだんものが減って広くなっていく部屋やら、お行儀よく積み重なっていく段ボール箱のねっとりとした重さやら、それを見つめて少し寂しそうな顔をする両親の顔を、幼い頃の民子は気づきもしなかった。

その次に引っ越しをしたのは、母を亡くし実家から出る時である。その時は、ただひたすらに忙しく、寂しさに浸る余裕さえなかった。

「こんなにゆっくり、引っ越しの支度をするなんて久しぶり」

西日が射し込む台所は赤い。しかし夕陽が照らすそこには、もう机もキッチンの道具も冷蔵庫もなにもない。ただ、段ボールが重なっているだけだ。

「なにも……なくなっちゃったなあ……」

民子が座る寝室にも、段ボールが重なるばかり。机も布団も、テレビもなにもない。ただ、黒い棚だけが残されている。これだけは部屋に備え付けなので、置いて行くのである。

こんなにも部屋は広かったのだ。なにもないせいで、独り言が妙に響く。

引っ越してきた時も同じ風景を見たはずなのに、思い出せない。こんなに寂しげな風景だっただろうか。民子は首を傾げて、周囲を見る。たぶん、かつての両親と同じ顔をしているはずだ。

「……さて」

民子は立ち上がり、膝についた埃をはらう。そして壁にかけられたカレンダーを見る。カレンダーのちょうど三日後には大きな赤い丸。引っ越しと、小さな字で書かれている。それを横目に部屋の隅に用意しておいた重い鞄をつかみ、民子は棚に駆け寄った。棚の中身も、その上に乗せてあった小物やアクセサリー、ぬいぐるみはすべて段ボールの中にしまい込まれた。

しかし、上島の写真だけはまだそこにある。

「……いってくるね、上島さん」

台所に立てば、夕陽の赤い色。初夏の夕陽に、じりりと焼けた床。小さな埃が舞って見えた。

家を出て電車を乗り継ぎ、数時間。古びたホテルで一泊した民子は朝ごはんを食べる時間も惜しんで、また電車を乗り継ぎ三十分。ごとごと揺れる単線の電車から見上げる風景がますます田舎めいてくる。

初夏特有の青い日差しが大地を焼いている。目的の駅に降り立って、山道を駆け上がる。途中までは緩やかなのに、急に激しくなる山道、柔らかい土の道。

進むほどにどんどんと、足が速くなる。思わず顔に笑みが浮かびかけて、泣きそうになり、唇を噛みしめて、そして大きく腕を振る。

道のむこう、新芽の茂る巨木の下に、見覚えのある笑顔があった。

「あら。あら。あら。早かったわねえ」

「すみません、突然、来ちゃって」

一気に駆け上がったせいで肩で息をする民子を気遣うように、その背をそっと撫でたのは暖かい手だ。

「……たみさん」

その人の名を、まるで宝物のように呼ぶ。ぱっと花が開くように彼女は笑う。初めて出会ってからもう五年目となる。

たみは、年をとったはずなのにそれを感じさせない女性である。かすかに浮かんだ皺さえ、上品で優しい。乾いた手は、いつも優しく民子を撫でてくれる。

「もう、前もって言ってくれたら、色々用意したのに。美味しいご飯とか、美味しいお菓子とか……」

彼女はさりげなく民子の持つ鞄を持つ。そのとき、民子の左手を見て、少しだけ動きを止めた。そして優しくほほえむ。

「夏前なのに、珍しいわ。久しぶり、一年ぶり……ううん、正確には十ヶ月ぶりくらい？」

初めて、たみ……上島の叔母に出会ってから、民子は毎年お盆にはここを訪れるようになっていた。

年賀状も暑中見舞いも欠かさないが、会いに来るのは一年にただ一回。お盆の時だけだと決めている。

だから毎年、七月のちょっと早めの盆にそなえて、たみはごちそうを用意してくれるし、泊まり込んで語り合う夜の時間は民子の宝物だった。

その約束をやぶって、今年に足を運んだのは五月の頭。木蓮が落ちて桜が散って、木々に新芽が浮かんだこの季節。

歩きながら、民子は顎をあげる。

新緑の心地いい風が頬を撫でる。大地に落ちた緑陰《りょくいん》が心地いい。初めて見る、初夏の風景だ。

「このあたりは、初夏も、綺麗ですね」

「そうね、春も遅咲きの桜が綺麗だし秋は紅葉で綺麗。冬にはね、雪もたくさん積もるわ」

たみは、民子を先導しながら歩く。土の山道を歩いて細道を曲がれば、そこにたみの家がある。かつて、上島の暮らしていた家がある。

古いが、ガラスには汚れの一つもない。緑が涼しげに家の屋根を包んでいる。中は、掃き清められて気持ちのいい畳の部屋。大切にされている古い家具。大きな窓の外には、初夏の光。

まぶしく暑いほどの陽気だが、ここだけはいつでも心落ち着く涼しさだった。

ただいま。心の中で民子は思う。自分の家でもないのに、おかしいことだ。しかし、毎年こっそりと、思うことにしている。

ただいま、上島さん。それは家で、上島にかける言葉と同じ。

「……お帰りなさい」

たみの優しい声が聞こえて振り返ると、彼女が冷たい麦茶を片手にほほえんでいる。

「お帰りなさい、民子さん」

机に置かれた麦茶は、真夏と違ってなかなか汗をかかない。ひんやり冷たいそれを火照った頬に押し当てて、笑った。

「ただいま、たみさん」

窓の外から聞こえてくるのは、風に揺れる木の音だけだ。いつもなら、蝉の声が聞こえているこの家も、初夏に来ればこんなにも静かだ。

上島も、この静かさを、緑陰の涼しさを知っていたはずだ。それを思えば、春夏秋冬すべての季節に足を運んでおけばよかったと、ほんの少し後悔をする。

「……実は」

たみは机の向こうに座って、じっと民子を見つめている。それがこの人の癖なのか、相手を見つめるときにけして目をそらさない。そのくせ、威圧感はない。

だから民子は自然に言葉が溢れた。どう言おうか、何度も考えたくせに、結局一番シンプルな言葉が溢れでた。

「結婚をするんです」

「……うん」

たみの顔が、ぱっとほほえむ。その目が民子の左手に注がれている。銀の指輪が、そこにあった。

民子はその指輪をそっと撫でる。優しい声が聞こえた気がした。静香の泣き声も聞こえた気がする。それは民子が結婚を決めたときに、彼女に報告をした、その日に聞いた泣き声だ。

家族に縁が薄く、友人もさほど多くない民子は、結婚を報告する相手は多くない。静香に、上司に、同僚に、遠い親戚に、そして、たみだ。

「本当はもっと早くに手紙で伝えようと思ったのに、うまくまとまらなくて、電話も、きっと何も言えなくなるから」

「だから来てくれた」

「はい」

「その話もじっくり聞きたいから、ちょっと早めにお昼ごはんにしましょうか。民子さん、手伝ってもらえる？」

たみが手招いたのは、台所だ。

そこは部屋と同じくきちんと整えられている。けして広くないが、機能的でシンプルなキッチンだ。

たみの性格なのか、調味料が綺麗に並べられている。大きな冷蔵庫には、黄色くなった写真が何枚か貼り付けられている。

それは、幼い頃の上島の写真である。輝くような笑顔で、友人らしき少年の肩をつかんでいる。家で見る写真より少し幼いが、そのままの笑顔だった。

「どうしても捨てられなくて」

そこにあるのが当たり前で、と、たみは苦笑しながら冷蔵庫を開けた。

「本当になにもないのよ。シンプルなものしかできないけど」

彼女が取り出したのは、いくつかの野菜と焼きそばの袋、それにたっぷり入ったソース。

「名残の春キャベツ、タマネギ、人参と少しのお肉と、焼きそばの麺」

分厚い木のまな板の上、彼女は手慣れた様子で次々に野菜を切っていく。

柔らかい春キャベツは、包丁を入れると瑞々しい音をたてて薄切りとなった。

彼女は大きなフライパンを熱して、たっぷりのごま油と野菜をすべて入れると、煙とともに野菜のもつ甘い香りが漂う。

「それで。民子さん」

「はい」

「炒めてほしいの。私、だめなのよ、野菜炒め」

たみが子供のように手を合わせて頭を下げる。

「どうしても、べちゃってなるの。水分が出過ぎるのね。昔っから野菜炒めで成功したことが一度もないの」

「上島さんも、そうでした」

民子の頭に浮かんだのは、上島の作ったべちゃべちゃの野菜炒めだ。なるほど、血は確かにつながっている。

「任せてください」

炒める役を仰せつかり、民子は緊張しながらそれを丁寧に炒める。人の家のキッチンで料理をする感覚は、どこか不思議だった。いつもと違う目線で、違う道具。

緊張する民子にかまわず、たみはフライパンに麺を落とす。そして日本酒で軽くほぐせば、すぐさま塩こしょう。そして、ソース。

じゅっと音がして、一気に鼻に甘い香りが届く。鉄板で焼かれたソースの香りは強烈だ。朝からなにも食べていない民子の腹がぎゅうと鳴る。

「あ。これを忘れちゃいけない」

炒めきる前に、たみが落としたのは、小さな卵。

柔らかなそれが黒いソースの中で崩れて、火が通って、ほろほろと黄色の固まりとなって、麺にからみつく。

「紅ショウガもね」

はらりと上から落とされた、さわやかな香りの紅ショウガ。一気に華やかさが加わり、酸味と甘さが民子の鼻に届く。

「フライパンのままで持って行ってもらえる?」

皿に移してしまえばせっかくの香りも味も飛んでしまう。民子も断然、焼きそばはフライパンのまま。そして上島もまた、同じ考えだった。おそらくそれは、たみから学んだのだろう。

「あとは……昨日ので悪いのだけど、お味噌汁と……あ。そうそう、おにぎりも作るわね」

狭い台所を器用に行き来しながら、たみは次々と皿を取り出す。

暖めなおした味噌汁をお椀に注ぐ。続いて炊飯器をあけて、さっと手を塩水で濡らすなり、湯気をたてる米を掌にこんもりと盛る。

中に押し込んだのは、ごくごく小さな梅の欠片。

そして、きゅ、と優しく握った。慣れた手つきだ。上島も、何度も彼女のこの動きを見たに違いない。

「そろそろ、梅仕事の時期ね。六月だもの。民子さん、梅仕事をしたことは？」

「実家はしていたんですけど、一人じゃなかなか」

「じゃあ、これからはできるわね。いいものよ、手作りの梅干し」

思わず振り返った民子の目に、たみの笑顔が見える。

「六月の、花嫁ね」

「特に、意識してなかったんですが、気づいたら、そんな風になってて」

結婚式など興味もなかった。自分がドレスをまとって、人の注目を浴びるなんて、考えるだけでぞっとした。

しかし静香にせかされ、周囲にすすめられ、気がつけばそんな羽目になっている。静香などは、結婚式前の民子の肌管理に余念がない。

ただ一つ、心配しているのは雨が降ることだけだった。

「きっと晴れるわね……はい。お昼ごはん、完成」

皿や食べ物が並べられた食卓の向こうには、上島の仏壇がある。たみの席は右、民子は仏壇の真向かい。これが五年間の定位置だ。この場所に座ると、まるで上島も食事に参加しているような気分になる。

たみは机の上を見て笑った。

「まるで男の子のご飯みたい。だめね、おしゃれなものとかよく分からなくて」

黒い焼きそば、白いおにぎりとお漬け物、具だくさんのお味噌汁。

おいしそう。と民子は小さくため息をついた。

「いただきます」

いそいそと畳に座り、そっと白い皿に焼きそばをとる。まだあつあつのそれは、フライパンに焦げ付いている。張り付いた麺をぐっと引っ張ると観念したように引き離された。

ふう、と息を吹きかけて口に運べばソースの甘い味に紅ショウガのかりりと酸っぱい味わい。キャベツの少し焦げたところも、口の中でとける。

「美味しい……そういえば、上島さんは焼きそばが好きでした」

「紅ショウガ」

「そう、いっぱいの」

同じ人間を知る者同士だから分かる、共通の思い出。二人は顔を見合わせ、含み笑いをする。こんな楽しい思い出の共有は、きっと一人ならできなかった。

上島は表面が赤くなるほどに紅ショウガを振りかけた。

「酸っぱくないのって聞いても、あの子ったらそれが美味しいって」

「だから上島さんには、自分のお皿に取り分けてからにしてって言うのに」

「フライパンの中に入れるのが美味しいって言うのよねえ」

「だから、これくらいの紅ショウガの量が一番美味しいです」

まだ口がソースの味を覚えている間に、おにぎりを噛みしめる。ソースの甘みとはまた違う、米の持つ甘みが至福だ。ソースとお米はなんて、相性がいいのだろう。

米の中から、塩辛い梅の欠片が顔を出す。甘さを引き締める味わいだ。

そして、すべてを押し流すように、味噌汁をひとくち。出汁の香りに野菜の香り。ゴロゴロはいった根菜類は、ほどよく柔らかく、噛みしめるまでもない。

「梅干し、おいしいです」

「でしょう。昔ながらの塩辛い、酸っぱい梅干し」

「今度作り方を教えてください」

おやすいご用、とたみが笑う。

夢中になって噛みしめる、米とソースと梅と、味噌の味。気が付けば昼をとうにまわって、日差しのむきが変わった。

枝葉の隙間から漏れた光は、黄色に赤に緑に、いろいろな色をにじませて畳の上に綺麗な色だまりを作る。

「おなかいっぱい」

「私も」

箸を置くなりお行儀悪くその光の上に寝転がると、たみも子供のような顔をしてそのすぐ隣に寝ころんだ。たみの白い顔がそばにある。目が合うと、自然に笑みがこぼれる。

「民子さん、聞かせて、その幸せな花婿のことを」

たみの顔に浮かぶ優しさは母のもつ、それに似ている。民子は寝転がり、光を受けたまま口を開いた。

「その人は……」

言葉は、うまくまとまらない。まるで途切れ途切れである。

出会いは昨年七月の終わり。その男は、静香の紹介で知り合った、少し年上の男だった。つきあい始めたのは、去年の夏の終わり頃。上島のことを話したとき、とつとつ語る民子の話を明け方までかけて、最後まで聞いてくれた。初めて家に来たとき、上島の写真を見て、深々頭を下げた。

海を見たことのない民子に、初めて、海を見せてくれた。ただしそれが冬の海だったたせいで、ひどく寒かった。

結婚を決めたのは、今年に入ってからである。

出会って一年目に結婚しようと彼は言った。

思えば上島とはちょうど一年しか過ごせなかった。僕は大丈夫だから、と彼は言った。大丈夫という証拠に、結婚式をあげよう。

その言葉を聞いて、民子はその夜に久々に、泣いた。

「これからは、海のそばで暮らすんです」

民子は、寒い夜に見た海を思い出す。初めて目で見て耳で聞き、肌で感じた海は広大でそして少し怖かった。

あと数日で民子は海のそばに越す。あの不思議な音を毎日聞くことになる。

「本物の海を見たのも初めてだし、海のそばで過ごすのも初めて。だから不安で」

「ちょっと待って」

良いことを思いついたと、言うなりたみが立ち上がる。ばたばたと台所に駆け込んで、戻ってきた彼女の手には大きな桶がつかまれている。

「はい。ここに手を入れて」

どん、と机に置かれたそれには、たっぷりの水がそそがれていた。窓から差し込む初夏の光が、水に反射して天井に光の波が立つ。

たみは民子の手をつかみ、その中にそっと沈めた。

掌に、じゃりじゃりとした感触が伝わってくる。

それは、塩だ。たっぷりの、塩だ。

「これは海よ」

たみは自信たっぷりに言う。海に両手をつけたのだから、きっと大丈夫、と胸を張って笑う。

「……上島さんは、昔、海に囲まれた島国に育ったって言ってました」

民子はかつての上島の言葉を思い出した。何一つ自分の素性を語らなかったくせに、彼はそんな嘘を吐いたのである。

そして彼は、民子に海を作ってくれた。風呂いっぱいの、海を。

「まあ」

たみは呆れたように苦笑する。

「あの子だって、海なんてほとんど見たことなかったのよ。初めて海につれていったときなんて、怖がって波打ち際から逃げたくらいなんだから」

「私が海を見たことがない、そう言ったら……島国育ちって言ったんです」

たみは桶の塩水をゆっくり乱しながら笑う。

「あの子は、昔から人を喜ばせるためにちょっとした嘘を吐くことが多くて」

「でも優しい嘘です」

「そうね、優しい嘘吐きだった」

民子の目から、涙が溢れた。それは、すぐ眼下にある海へと一粒、二粒と落ちて散る。

「すごく、綺麗な海」

たみは、民子の背を、そっとなでた。

「きっと、晴れるしきっといい結婚式になるし、きっと」

背と、そして頭を撫でて、たみは力強く頷いた。

「きっと幸せな花嫁になれるわ」

水から手を上げ光にかざせば、銀の輪っかに付いた水滴が輝く。

線香の煙が、それを撫でるようにゆっくりと過ぎていった。


「ただいま」

民子が家にたどり着いたのは、引っ越し前日の夜更け。荷物の減った部屋であげる声は、やはりよく響く。

腕いっぱいに持たされたおみやげを台所におく。たみの梅干しである。遠慮なく、袋いっぱいもらってきた。それに野菜も、手作りの味噌も、たくさん、たくさん。上島の家の香りごと、もらってきた。

「ただいま、上島さん」

荷物を置くなり、かけよる棚。その上の上島の笑顔はいつまでも枯れない。

写真をそっと撫でて、持ち上げる。そして抱きしめた。

ただいまを言うのは、今日が最後だ。

「明日は一緒に、お引っ越しだよ。その前に、晩ごはんをたべよう……机も、椅子もないけどね」

家具はすべて引っ越し先に送ってしまったので、家にあるのは段ボールだけである。隅っこにまとめた紙袋を探れば、小さな座布団が一つ見つかる。

段ボールを机代わりにして、その下に小さな座布団を置く。

そして上島の写真を、段ボールの上にそっと置いた。

鎮座した上島を見つめたあと、台所に放り投げてあった袋を探れば、そこに小さなレトルトパックがある。

「上島さん。晩ごはんはほら、コンビニのレトルトごはんだよ。あったためてきてもらったんだ」

明日は、この家との別れのとき。

民子はうやうやしくご飯のパックをはがす。湯気をたてるその上に、たみの梅干しを一粒だけ乗せた。

「……いただきます」

家を出る前の最後のご飯は、シンプルなものがいい。

白いご飯に赤い粒。乗せてそっと口に運ぶ。ほろほろと崩れた米粒に、塩辛く酸っぱい梅の味がなじむ。柔らかい皮が、ぷちりと崩れる。

それを上島の前にも置いてみせる。

食事を終えた民子は、その写真を軽く持ち上げる。そして、棚に戻すことなくそっと手帳に挟み込み、それを鞄の奥ふかくにしまい込んだ。もう、棚の上には誰もいない。

「……ありがとう」

礼を言いたい相手は、上島であり、静香であり、この家であり、たみである。

口の中に思い出すのは、うどんや山椒、おにぎり、この家で食べたさまざまなおいしいものだ。その味は、思い出となって記憶の中に刻まれる。けして忘れない。

それは、きっと幸せなことなのだろう。民子は思い出のしみついた部屋を見渡して、そして手を合わせた。

「……ごちそうさまでした」

初夏の生ぬるい夜が更けていく。少しだけ開けた窓から緩い風がふいて、民子の湿った頬を優しく乾かして去った。

本作品はフィクションです。実際の人物や団体、地域とは一切関係ありません。

TO文庫

上島さんの思い出晩ごはん

2016年8月1日　第1刷発行

著　者　miobott —みお—

発行者　深澤晴彦

発行所　TOブックス

〒150-0045 東京都渋谷区神泉町18-8

松濤ハイツ2F

電話03-6452-5678（編集）

0120-933-772（営業フリーダイヤル）

FAX03-6452-5680

ホームページ　http://www.tobooks.jp

メール　info@tobooks.jp

フォーマットデザイン　金澤浩二

本文データ製作　TOブックスデザイン室

印刷・製本　中央精版印刷株式会社

Printed in Japan　ISBN978-4-86472-513-2